踏着月光的行板

迟子建 著

人民文学出版社

图书在版编目(CIP)数据

踏着月光的行板/迟子建著.—北京：人民文学出版社,2018
(中国中篇经典)
ISBN 978-7-02-014381-8

Ⅰ.①踏… Ⅱ.①迟… Ⅲ.①中篇小说-小说集-中国-当代 Ⅳ.①I247.5

中国版本图书馆 CIP 数据核字(2018)第 127734 号

责任编辑　朱卫净　杜玉花
装帧设计　汪佳诗
封面绘画　Candy 田

出版发行　　人民文学出版社
社　　址　　北京市朝内大街 166 号
邮政编码　　100705
网　　址　　http://www.RW-cn.com

印　　制　　山东临沂新华印刷物流集团有限责任公司
经　　销　　全国新华书店等

字　　数　　150 千字
开　　本　　890 毫米×1240 毫米　1/32
印　　张　　7.5
插　　页　　2
版　　次　　2018 年 10 月北京第 1 版
印　　次　　2018 年 10 月第 1 次印刷

书　　号　　978-7-02-014381-8
定　　价　　45.00 元

如有印装质量问题,请与本社图书销售中心调换。电话:010-65233595

目录

001
踏着月光的行板

081
日落碗窑

163
鸭如花

踏着月光的行板

林秀珊每次来到火车站，都有置身牲口棚的感觉。火车的汽笛声在她听来就像形形色色牲口的叫声。有的像牛叫，有的像驴叫，还有的像饿极了的猪的叫声。所以那一列列的火车，在她眼里也都是牲口的模样。疾驰的特快列车像脱缰的野马，不紧不慢的直快列车像灵巧的羊在野地中漫步，而她常乘坐的慢车，就像吃足了草的牛在安闲地游走。

没有跟王锐打招呼而直接去探望他，这在林秀珊是从未有过的事情。所以登上火车的那一瞬间，她有些激动，甚至脸热心跳，就像她第一次被王锐拥抱着一样。

这列慢车是由齐齐哈尔开往哈尔滨的。林秀珊在大庆让湖路区的一家毛纺厂的食堂打工，所以她去哈尔滨看王锐，总是由让湖路站上车。能在让湖路停车的，通常都是慢车。林秀珊也不喜欢快车，快车比慢车票贵；还有，高速运行的特快往往使旅客看不清窗外的风景，而坐在慢车上，却能尽情饱览沿途风光。在林秀珊看来，乘火车不看风景就是傻瓜。即便是单调的树、低矮的土房和田野上的荒坟，她都觉得那风景是有韵味的。这些景致本来是死气沉沉的，可因为火车的驶动，它们就仿佛全成了活物。那树木像瘦高的人在急急地赶路，土房就像一台台拖拉机在突突地跑，而荒坟则像一只只蠕动的大青蛙。由于爱看风景，林秀珊在购票时总要对售票员说一句："给我一张靠窗口的。"

　　林秀珊和王锐结婚六年了。他们是在老家下三营子村结的婚。下三营子有一百多家农户。原来那一带土质肥沃，风调雨顺，农作物连年丰收，下三营子的人日子过得衣食无忧、自足康乐。可近些年由于附近市县滥伐林地，大肆开垦荒地，土地沙化越来越严重，村中那条原本很丰盈欢腾的地根河业已干涸，农作物连年减产。春季的时候，风沙大得能把下到土里的种子给掘出来，下三营子的人纷纷外出，另谋生路。王锐和林秀珊就是这众多外逃人员中的一对，他们同大多数农民一样，选择的是进城打工的路。

王锐会瓦工活,他在哈尔滨找到了在恒基建筑公司当建筑工人的活儿。林秀珊本想也在哈尔滨打一份零工,这样和王锐见面方便些,然而几经周折,她的愿望都落空了。林秀珊中等个,圆脸,肤色黝黑,眼睛不大,鼻子有些塌,虽然五官长得不出众,但因为她面目和善,还比较受看。不过,她的牙齿难看极了。下三营子的人多年来一直喝地表水,喝得人人都是一口黄牙。别的女人生了黄牙并不显眼,林秀珊却不同,她太爱笑了,她的黄牙在她温存敦厚的五官中总是最先抢了人家的视线。所以她去应聘时,大多的雇主一见她的黄牙就蹙起了眉,把她打发了。王锐曾建议她做个牙齿"贴片"美容,可林秀珊坚决反对。她说从下三营子什么也没带出来,嘴里有一口黄牙,也算是带了那里的水出来了,这样她在镜中看见自己的黄牙时,就不那么想家了。王锐拗不过她,由她去了。林秀珊最终在大庆的让湖路找到一份工作,在毛纺厂的食堂做饭。除了管吃管住外,她每月还能有四百元的工钱,这使林秀珊很知足。何况,让湖路离哈尔滨并不远,即便乘慢车,三小时左右也到了。

　　林秀珊和王锐并不是每周都能见上一面,但他们每周都会通上一个电话。三年来一直如此,风雨不误。林秀珊住的集体宿舍和王锐所住的工棚都没有电话,他们就想出了一个主意,把各自居所附近的一部公用电话当自家电话来用。现在电信业很发达,城市的街道上遍布着话亭,你只需买一张IC卡就行。这些电话亭大都披挂着一个苹果绿色的罩子,人站在其中,就像是被它给揽在怀中了,所以林秀珊有时觉得电话亭是个情种。

林秀珊所用的那个电话亭,是王锐帮助她选定的。它离毛纺厂只有五分钟的路,在车水马龙的大街上。街边矗立着一排宛若翠绿的屏风似的高大的杨树,电话亭附近还有一个公共汽车站。王锐觉得这个电话亭最适合妻子,街上车来人往,杨树在风中会发出口琴一样悠扬的响声,这样不仅妻子的安全有了保障,还有了一股浪漫的情调。而他自己所用的电话亭,三年来已经变了四次。一幢楼竣工后,他们会去下一个建筑工地,电话亭就要随之变更。通常是林秀珊在每周五的晚上七点来等王锐的电话。明明知道见到的是电话,而不是王锐,可她每次来总要梳洗打扮一番,好像王锐传过来的声音长着眼睛一样。因为双方均处于嘈杂的环境,他们不得不大声地说话,有时简直是在吼,不然对方会听不清。他们每次相会,总要在电话中约定一个时间,林秀珊去哈尔滨找王锐,或者王锐来让湖路看她。他们从来都是如约前往,从未像今日这么心血来潮地突然不约而同地去看望对方。

几乎是在林秀珊登上火车的同时,王锐也开始了去让湖路的旅行。每次探望林秀珊,他都要穿上那套花了七十元在夜市买的藏蓝色西装。它面料低劣,做工粗糙,不是腋窝开线了,就是裤裆开线了。林秀珊常常在缝补的时候取笑王锐,说他:"裤裆开线我知道为啥,可是你的腋窝长了什么稀罕物,也会开线?"王锐就揪着妻子的耳朵说:"我看你要学坏了!"他脚上的皮鞋,是冬季时在一家小商铺买的。冬季买夏季的商品,折扣率很大。这双原价一百二十元的皮鞋,只花了六十八元就买下来了。由于降价处理的皮鞋断码,王锐没买到适合自己的尺码,这鞋比他平素穿的整整大两码,所以他不得不垫两副鞋垫,不然走路会掉鞋。

王锐去看林秀珊,通常是在双休日的第二天晚上。林秀珊的宿舍住着五个人,他们睡在那里不方便,就到附近的私人旅馆的地下室开一间房。虽然一夜只有二十五元,已令他们心疼不已了。他们聚在一起,先是要热烈地做完爱,然后才会把攒了许多天的话一股脑儿地说出来。王锐会跟她讲他在哈尔滨听到的新鲜事:酒店的食客吃蚌壳吃出了珍珠;浪荡女人看上了别人家的男人，把自己的丈夫给杀了；一头从郊区走失的牛把交通堵塞了一个多小时；居民区飞来了猫头鹰，等等。有一回王锐讲他公司的老总带着他的宠物狗来视察施工进程，说那狗个头很高，纯黑色，大约值三四万元。这狗在家里有单独的居室和床。林秀珊听完后哭了，哭得很哀愁，把王锐吓了一跳，忙问她怎么了？林秀珊抽抽噎噎地说："我们在城市里没有自己的一张床，可你们老总家的狗却有。"王锐笑了，说："那我也不做老总家的狗，我还是要做你的狗，没有自己的床，我们睡在街上也觉得美！"林秀珊不像王锐那样爱讲外面的事，她跟王锐说的都是发生在同一宿舍的人身上的琐事。王爱玲又做了一次流产；肖荣的头发脱得厉害，脚跟裂了口子；吴美娟这一段夜夜放臭屁，熏得大家头昏脑涨的。再不就是，王鹃笨得织毛衣不会上袖子，等等。往往没等林秀珊说完，王锐就起了鼾声。林秀珊就会在枕畔轻轻揪一下丈夫的耳朵，嗔怪道："做完你的美事你就没心思听我的话了，以后我要先和你说话，后做事。"然而到了下一次，他们依旧是急不可待地先做事，后说话，而轮到林秀珊说话时，王锐的鼾声如潮水一样袭来。林秀珊很心疼丈夫，他在工地干了一天活，夜晚时再乘上几小时的慢车，赶到让湖路时已是晚上九十点钟了。第二天在睡意正酣时,他又要起早赶凌晨的火车回去,生怕误了工。林秀珊怕王锐起晚了,特意买了一个闹钟,无论冬夏,只要王锐来探望她,闹钟总要被设置到凌晨三点。因为王锐要在八点赶到工棚。闹钟本来应该是万无一失的,可为了保险起见,林秀珊索性不睡,她和闹钟一起等待着唤醒丈夫的那一时刻。在她的心目中,闹钟跟人一样是有脾气的,赶上它哪一天气不顺了,不想充当叫醒者的角色了,那么他们醒来的一瞬所见到的太阳,一定就是砸向他们生活的冰冷的雪球。不过王锐从不知道妻子这样为他守夜,更不知道在暗夜中林秀珊用手指无限怜爱地在他胸脯上抚来抚去。她还常常情不自禁地悄悄地在他脸颊亲上一口。她不敢使劲亲,怕弄醒了丈夫。

有时看王锐太辛苦,林秀珊就主动在固定的约会日期中去哈尔滨。他们会在工棚附近找家私人旅馆,美美过上一夜。林秀珊的旅行包里,除了装着牙具之外,还要装上闹钟和一条花床单。私人旅馆的床单总是污渍斑斑,睡在这样的床上,就有掉进了臭水沟的污浊感,所以林秀珊花三十多元钱买了两米斜纹布的花布做床单。这床单碧绿的地儿,上面印满了大朵大朵的向日葵。躺在上面,就有置身花丛的感觉,暖洋洋的,似乎能闻到一股淡淡的馨香。他们每次进了旅馆的第一件事就是闩门，然后铺床单。王锐一俟床单铺好，就迫不及待地熄了灯。他们在黑暗中窸窸窣窣地脱衣服，这声音总让林秀珊联想到老鼠夜间在碗柜上偷吃东西的声响。通常都是王锐脱得快，他赤条条地钻进被子里后，对林秀珊说的话总是那句："快点——"林秀珊常常是越想快越出乱子，不是裤子的拉锁被拉错了位，生生地卡住了，就是衣领的挂钩把头发缠住了，再不就是摸黑解鞋带时，把鞋带弄成了死结，鞋子就像癞皮狗一样咬着她的脚腕不松口。几次尴尬之后，林秀珊在和王锐相会时就尽量穿那些好脱的衣服，衬衣不带领钩和袖扣，裤子是那种宽松的不带拉链的，鞋子是一褪即下的不系带的船形鞋。这样林秀珊能尽快地投入到王锐的怀抱。他们脱衣服时，就像不太会剐鱼的人把剥下的鳞片弄得四处皆是。在闹钟响起来的一瞬，他们打开灯来，往往会发现袜子飞上了暖水瓶，本该是成双的鞋子，一只在门口，一只却荡进了床底。有一次，她的胸罩竟然落进了洗脸盆里，那里存着半盆漂浮着死苍蝇和烟蒂的脏水。弄得她以后再戴这胸罩时总要蹙蹙眉，好像这胸罩曾是美少女，而今沦落风尘，总让她觉得别扭。

他们也有扫兴的相会。比如林秀珊有一回满怀温情地去哈尔滨，火车刚开不久，只觉得身下一热，她暗自叫了一声"不好",去厕所一看,果然见身下飘荡出红丝带一样的鲜血。本该一周后才来的月经,偏偏提前到了,这不速之客自然让她心生懊恼。这样的客人来了也就来了,你是打发不掉的。林秀珊委屈极了,她一见到王锐,泪水就扑簌簌落了下来。王锐以为老家下三营子的家人出了事,吓得嘴唇都青了。问清原委后,在长吁一口气后,他也不由叹口气说:"我就把你当成商店玻璃橱窗里的模特,看看不也好么?"林秀珊破涕为笑,嗔怪他:"你让我待在玻璃橱窗里,这不是想闷死我么?"王锐说:"我要有闷死你的意思,就让我从脚手架上掉下来摔死!"他这赌咒本来是表忠心的,岂料说到了林秀珊最担忧的地方。她一旦在电视上看到建筑工人出事故的报道,就要为王锐担惊受怕多日。不是梦见他从高楼上坠下来了,就是梦见他砌墙时把自己砌在其中了,墙成了丈夫的坟墓。所以他们每次通电话的结尾或是相聚后告别时,林秀珊总要叮嘱王锐:"干活时小心点啊,留神着脚下,别踩空了;也别忘了注意头顶,谁要是抛个砖头下来,你可得躲着点啊。"林秀珊为此爱幻想,要是王锐生着一双翅膀多好啊,他要是不慎从脚手架掉下来,落地后会安然无恙,就像老鹰从高空俯冲而下后,会稳稳实实地站在地上一样。王锐的脑壳要是钢铁铸就的就好了，这样砖头瓦砾落在头顶时，也奈何不了他。每当她听说谁出了车祸时，她就想人要是钢浇铁铸的就好了，要不汽车是肉做成的就好了，肉撞不死人。可她明白汽车不能用肉造成，而人与人的肉体交欢不可能生出含有钢铁成分的人来。后来王锐与林秀珊约会前，在电话末尾总要小心而羞涩地问一声："你身体方便么？"林秀珊有时调皮，就说："不方便。"但她随之笑了起来。她的笑声使王锐提起的心又放了下来，明白她这是开玩笑。林秀珊的笑声中，总是夹杂着人语或者汽车疾驰而过的声音，这使王锐觉得妻子的笑声很可怜，好像妻子的笑声是一根水灵灵的胡萝卜，嘈杂的人语和车声是一把把无形的尖刀，削减了它身上许多的甜味和水分，令他心里很不是滋味。他为此很羡慕那些拥有手机的人，他们随时随地可以拨打电话。如果他和林秀珊都拥有手机，那么夜阑人静时，他们会说上几句温存的悄悄话。可他们知道，养一部手机，赶上他们养儿子的费用了。他们有一个四岁的儿子在下三营子，由林秀珊的娘家人带着。王锐和林秀珊每次拿到工钱时，都觉得儿子的脚踝从沙土中拔出了一截，他们立志要攒下一笔钱来，将来把儿子接到城里来上学。

慢车悠悠驶上了松花江大桥。王锐坐在靠着过道的三人长椅上，他望窗外，就得探着身子，把脖子伸得跟鹅一样长。偏偏靠窗的一个胖子在吸烟，他吞云吐雾不要紧，把窗外的风景给弄模糊了。王锐没有看到以往所见的波光闪闪的江水和飘荡在水面的游船，不由有些败兴。他想起身去别的窗口望风景时，火车已经在震颤中跃过江桥，踏上郊外的农田了。王锐不喜欢看农田，他在下三营子的农田里摸爬滚打了多年。他家祖祖辈辈都是种田的。他初中毕业的那年初春，就被父亲从乡里给领回下三营子村务农。父亲教育他的话永远都是：认得字再多，也不能当粮食吃。王锐在家排行老三，作为"龙凤胎"的哥哥和姐姐都是农民，他们只念到小学，只有他读到了高中。王锐回到下三营子后第一次跟父亲去农田劳动，他在和煦的阳光中边撒玉米种边哭泣。那一年的玉米大丰收，他相信是种子沾染了他的泪水的缘故。

林秀珊比王锐小两岁。王锐牵着牛去大地耕田时，常见林秀珊坐着手扶拖拉机去乡里上学。下三营子只有小学，林秀珊读初中跟王锐一样，必须去乡里。在那几个上初中的女孩中，王锐最相中的就是林秀珊。她虽然模样一般，但总是笑吟吟的，似乎不知道忧愁的滋味。王锐知道林秀珊家跟自己家一样贫穷，她的哥哥结婚都是借的债，父亲得了半身不遂后家里更加拮据，料她读到初中就得跟他一样回家务农了。当时王锐虽然只有十七岁，但他暗下决心，一定要娶林秀珊。果然，两年之后，林秀珊带着行李回到了下三营子。林秀珊不像王锐失学后第一次下田时委屈得直落泪，她在路上饶有兴致地捡着地上的石子打麻雀玩。每打一下，都要笑一声。悄悄跟在她身后的王锐听到她的笑声，觉得下三营子的土地蓦然变得开阔了，天也显得高远了。以往他讨厌牛身上散发的气味，讨厌在树上鸣叫的蝉，讨厌在热浪滚滚的玉米地里劳作，讨厌那鸡冠色的晚霞，现在他觉得这一切都是可爱的了。他观察到林秀珊喜欢唱歌，就起了无数个大早，到玉米地去练唱。岂料他五音不全，没能把一首歌唱成歌的样子，他气馁了。后来他想林秀珊喜欢歌，就一定喜欢听口琴，于是就请求家人出钱给他买个口琴。父亲坚决反对，说是买个口琴顶上几袋粮食了，不能浪费这个钱。哥哥也说，一个农民吹着口琴，给人一种不务正业的感觉，不能买，再说买了他也不会吹，等于领个哑巴回家。王锐为此绝食三天，母亲怕小儿子有个三长两短的，就偷着塞给他二百元钱。口琴在村里的商店绝无仅有，王锐去了乡里，乡里也没有，他又从乡里搭乘长途车去了县城，总算如愿以偿买到了口琴。那长条形的扁扁的口琴落入他手中时，他感觉握着的是林秀珊的手。最便宜的口琴九十八元，王锐买的是一百四十元的那种。他喜欢那嵌在琴身里的两行绿色方格小孔，感觉那里面长满了碧绿的青草。而最贵的那个口琴，琴身中用以发音的铜制簧片上镶嵌的小格子是红色的。王锐想若是吹这样的口琴，会觉得口唇出血，流进琴身中了，没有那种美好的感觉。由于母亲只给了他二百元钱，除去进城的路费和买烧饼用以果腹的钱，余下的钱只够乘车到张家铺子的。王锐索性就从张家铺子一路走回家去。其间他搭过两次农用三轮车。饿了，就偷地里的萝卜吃；渴了，就到路过的河里掬一捧水喝。夜晚宿在野地里，望着满天星斗，他不由得捧着口琴，悠然吹着。他感觉每一个琴音都散发着光芒，它们飞到天上，使星星显得更亮了。当他怀揣着心爱的口琴回到家里时，有个邻村的姑娘正在家中等他。这姑娘是媒婆金六婆领来的。金六婆一口黄牙，但她的黄牙比下三营子人的黄牙值钱，是金牙，她的手指上还戴着一枚金戒指。她是下三营子最富的人，不用种地，只靠给人保媒拉纤，过得衣食无忧。王锐生得一表人才，瘦高个，棱角分明的脸，鼻梁挺直，眼睛不大，但很有神，而且言语不多。金六婆说他天生一副"贵人相"，可惜投胎到了穷人家。她说王锐若是生在富人家,去城里念了大学,一准能做骑马坐轿、呼风唤雨的官人。她早就跟王锐的父母许愿,要给王锐说个这方圆百里最俊俏的媳妇。她领来的姑娘也的确俏丽,瓜子脸,弯而细的柳叶眉,鼻子和嘴生得也好,一双杏仁眼看人时含情脉脉的。她看了一眼王锐,就抿着嘴笑了。而王锐一看她,却心凉了半截。他的心里只有一个其貌不扬的林秀珊。母亲悄悄把王锐拉到灶房,对他说:"这姑娘比你小一岁,多俊啊?他爸是水杨村的村长,两个哥哥都成家立业了,大哥是养猪专业户,二哥在县畜牧局当局长,家里趁着呢!"王锐步行归来,疲乏得像拉了一天石磨的驴,本想喝上一碗热粥后蒙头大睡,不料从天而降了一个"林妹妹"。他急得脑袋发晕,说:"我不喜欢她,让金六婆把她领走吧。"母亲急了,她狠狠地用手指点着王锐的脑门说:"你真是个死脑瓜子,怎么这么不开窍呢?这姑娘可是天上难找、地上难寻啊,错过了她,你会后悔一辈子!"王锐说:"我嫌她长得像林黛玉,太单薄,没福相!"母亲虽然大字不识,但也听过《红楼梦》的故事,她气急地说:"你还以为自己是含着通灵宝玉来到人世的贾宝玉啊?你天生就是当牛做马的命!不是你模样比别人长得好,你连秀姑都娶不上!"母亲的话更激起了王锐的反感,他怎么连秀姑都不配娶呢?秀姑是下三营子有名的痴呆,已经三十岁了。她整日走街串巷地游荡,一样家务活都不会做。她见了女人从不说话,总要不屑一顾地啐她们一口,好像别的女人不配活着,下三营子只该她一个女人喘气才对。而她见着男人,无论长幼,总要笑嘻嘻地上前拉人家的手。王锐就被秀姑扯过两回手。一回在豆腐房门前,秀姑对他说:"我给你暖被窝去吧!"王锐挣脱了她,说:"我有热被窝,不用你暖!"还有一回,王锐去食杂店买灯泡,被秀姑撞上了,她咯咯笑着拉了一把王锐的手,说:"你长得美,我想吃了你!"吓得王锐掉头跑回家中,连灯泡也没买。家里的灯泡烧坏了,一家人都坐在黑暗中。听说王锐空手回来,就问他缘由,王锐如实说了,家人都嘲笑他:"一个秀姑就把你吓着了,亏你还算个男人!"

母亲说秀姑都不会跟他,等于羞辱了王锐。他冲动地说:"好了,我连秀姑都娶不上,我打一辈子光棍好了!"这话被里屋的姑娘听到了,她不再像先前那样抿着嘴端端正正地坐着了,抬腿就走,边走边对金六婆说:"三条腿的驴不好找,两条腿的男人遍地都是!"先前的文静之态荡然无存了。金六婆气得骂王锐:"你可真是不识抬举,给你送只金凤凰来你都不识！"王锐说："我家是个草窝，养不住金凤凰！"金六婆领着姑娘讪讪地走了。家人都埋怨王锐，王锐说："我心里有人了。"家人追问这人是谁，王锐说："娶她时你们就知道了。"他相信那把口琴能帮他赢得林秀珊。没想到几天之后，家里的耕牛突然不见了，跟着，放在野地里的两只羊也失踪了。正当王家为失去了牛羊而急得四处疯找时，金六婆嗑着瓜子来了。金六婆说："那姑娘可是一眼就相中了王锐。王锐跟了她，她爸答应置办全套嫁妆，你们家的牛羊，损一补十！"王家人至此恍然大悟。王锐的父母想那姑娘家如此霸道，若是她进了王家的门，全家还不得把她当祖宗一样供着啊？王家人便对金六婆说："我家水浅，养不住这条美人鱼！"金六婆说："活该你们家受穷一辈子！"王锐一旦知道家中牛羊的失踪与那姑娘家有关，他就不动声色地去了水杨村。他果然发现自家的牛羊在村长家的牲口棚里！王锐自知势单力薄，所以他是有备而来。他用塑料胶管装上沙土，缠绕在身上，又用塑料薄膜裹了几块砖坯的碎块绑在身上。当他牵着牛羊从村长家的牲口棚里出来时，村长和他身强力壮的儿子拦住了他的去路。王锐厉声说："给我闪开！"村长说："你擅自闯入我家牲口棚，偷我家的牛羊，这是盗窃！我让人把你送到派出所去！"王锐沉静地说："这是我家牛羊，我领它们回家理所应当！"他刚说完这话，村长的女儿从屋里出来了。她撇着嘴对王锐说："你说这牛羊是你家的，你叫它们一声，它们会答应吗？"王锐说："别以为牛羊跟你们一样没人性！"他吆喝了一声，一直沉默着的牛羊果然发出了温存的回应，牛哞哞地垂头叫了两声，而两只羊咩咩地叫个不停。姑娘说："这也不能说明它们就是你们老王家的！"王锐"刷——"地一下脱下外衣，他身上披挂的那些伪装的雷管炸药一览无余地暴露出来，他手握打火机，"咔——"地弹出一炷火苗，说："你们敢不让我牵回牛羊，我就与你们同归于尽！"村长吓得腿都软了，而姑娘则捂着耳朵跑回屋里，边跑边说："快放他走吧！"村长的儿子赔着笑脸对王锐说："兄弟，别激动，你说这牛羊是你家的，你领回去就是。你这么年轻，千万别做傻事！"王锐说："你们搅得我们家鸡犬不宁，我也不会让你们好过！"村长说："怪我有眼无珠，小瞧了你。你走吧，只是你赶紧把打火机给灭了，我家的瓦房可是新盖的，要是炸飞了可怎么办？"王锐说："我警告你，以后再敢欺负我家，我就把县城的几个黑道的哥们都叫来！你们别看我外表蔫，实话告诉你们，我跟人劫过出租车，调戏过别人家的小媳妇，把一个不听我们话的人打成了残废！将来我家里发生任何事情，我都要算在你们身上，不会放过你们！从今天起，你们就为我们一家人的平安烧香磕头吧！"村长父子差点没吓得尿了裤子，赶紧让开路，让王锐和牛羊赶快走。王锐就擎着燃烧的打火机，大摇大摆地横着肩膀晃荡出村长家。一出了水杨村，他就软了腿脚。心想万一村长识破了他身上捆绑的是假雷管炸药，他又如何牵得回牛羊呢？牛羊的失而复得使王家人分外高兴，王锐只是说在邻村的庄稼地里找到了它们，并没说自己的"壮举"，他怕吓着家人。果然，从那以后，村长家再没有对王家"挑衅"。王锐想村长也许庆幸没把女儿嫁给他这个"亡命徒"。只是金六婆见着王锐总是如惊弓之鸟一样绕着走，再也不敢登王家的门为他"说媒"。王锐也就用那把口琴，堂而皇之地为自己"说媒"，如愿以偿地追求到了林秀珊。

慢车的车厢里坐着的大都是衣着简朴、神色疲惫的旅人。从他们的装扮和举止上，可看出他们大都是生活中的低收入者。这是中秋节的日子，不少旅客携带着月饼。林秀珊想这火车上大多的人都是为着和家人团圆而出门的。林秀珊不像别的旅客看上去无精打采的，她坐在靠窗的位置，一会儿望窗外的风景，一会儿打开旅行包，翻翻里面的东西。与以往不同的是，包里除了装着牙具、床单和闹钟外,还多了一袋月饼和一把口琴。王锐用以追求林秀珊的旧口琴,早已残破不堪,如今它成了儿子手中的玩具。儿子出生后,王锐就不再吹口琴,虽然他们在闲聊中还要常常提到它。王锐当时也没求教任何人,凭着自己的反复练习和摸索,竟然能把会唱的歌完整无误地吹奏出来。林秀珊在下三营子时是多么喜欢听那悠悠的口琴声啊。王锐经常在她家的农田尽头吹,林秀珊的哥哥和嫂子看穿了王锐的心思,他们一听到口琴声,就对妹妹说:"鸳鸯求偶来了。"林秀珊也不害羞,她笑吟吟地说:"我听了这琴声心里舒坦,我要是嫁人,就嫁他吧。"哥哥说:"你要是想常听这口琴声,就别让这小子一下子把你追求到手了。他追不到你,会一直把口琴吹下去。要是把你娶到家中了,也就没那情怀了!"林秀珊认为哥哥的话说得在理,就若即若离地和王锐交往,她也果然如饮甘泉般地把口琴声听得透彻、舒畅、如醉如痴。他们结婚时,那口琴的发音已经沙哑得如同老妪了。但洞房花烛夜时,林秀珊还是让王锐为她吹了一支曲子。怕家人笑话他们在那样的夜晚还要吹口琴,他们就把两床被子合在一起,关了灯,钻到被窝里吹琴和听琴。王锐憋得直喘粗气,而林秀珊被捂得满头大汗。最终那支曲子没有吹完,两个人都像获救的溺水者一样从被窝里迫不及待地拔出头来，透彻地喘气，并忍不住笑了起来。被大人怂恿来听窗的小侄听见这对新人的笑声，跑回父母房里大声报告："我听见他们俩的声音了，是笑声！原来结婚的人晚上睡觉时得笑啊！"

林秀珊已经好几年没有听见王锐的口琴声了，她为此想得慌。有一回她跟王锐说："真想听你再吹吹口琴。"王锐说："买个口琴起码要一百多块钱，够我来看你两三趟的了。等有一天发了横财，买个最好的口琴，我用它当闹钟，天天早晨用琴声叫醒你！"

每到开工资的日子里，林秀珊总要去一趟银行。她会留下一百元钱做一个月的零用钱，其余的都存起来。除了到换季时节，她平素几乎不添置新衣裳。她用最便宜的牙膏和香皂，从来没使过化妆品。一支牙刷足足能使一年，刷毛最终像一蓬乱草纠缠在一起，它们像鱼刺一样，常把她的牙龈刮出血来。她用的月经纸，不是那种包装精美、透气性能好的卫生巾，而是价格低廉的卫生纸。她把它们一摞摞地叠成卫生巾的样子。她和王锐相聚的晚餐，至多不过到小酒馆要两盘水饺或者是两碗肉丝炸酱面。大多的情况下，他们会到人声鼎沸的大排档吃上两碗馄饨。王锐不像林秀珊每月能拿到钱，他总是要等到一个工程完工后，才能见到现钱。而最终到手的钱，与当时公司许诺的总要少上几百。冬季感冒流行时发的板蓝根冲剂和病毒灵，端午节吃的粽子和鸡蛋，最终又摊派到工人们身上。公司还常以施工质量不过关来克扣他们的工钱，令他们无可奈何。林秀珊去过王锐住过的几个工棚，它们的格局都是一样的，进门就是一溜长长的木板通铺，那铺上相挨相挤地摆着几十套叠得歪歪扭扭的行李，铺下是旅行包、脸盆、鞋子等杂物，而狭窄的过道只能容人走过。王锐说有时候晚上累乏了，工棚里灯光又昏暗，他们常常有钻错了被窝的时候。林秀珊每次看到通铺上丈夫的那一条铺位，心里都会一阵阵地抽搐。他们的钱得之不易，所以在花钱上，他们总是格外仔细。他们探望对方，乘坐的永远都是票价最便宜的慢车。他们每年最大的开销，就是春节回乡。不但要给家人买上衣服、鞋帽等礼品，还要给双方的家里都留一些钱，用以买种子和化肥。下三营子的庄稼收成一年不如一年，但农民还是满怀希望地连年把种子撒下去。有的农户哪怕是借债，也要在春季时去播种。而这些种子即使没有被风沙刮走，艰难地发了芽，长了苗，也往往由于干旱而颗粒无收。留在下三营子种地的，基本都是老人。年轻力壮的，都出去打工了。由打工引起的五花八门的故事也就层出不穷了。

有人外出受了骗，转而又去骗别人，银铛入狱；有人看到外面的花花世界动了心，把挣来的钱扔在了"三陪女"身上，回到下三营子就和老婆闹离婚；有的在打工时受伤落下了残疾，而雇主对此不理不睬，迫不得已走上了艰难的打官司的道路。比起其他的打工者，王锐和林秀珊是幸运的，他们虽说也是艰辛，但最终还是能把钱拿到手中。更为难得的是，他们身心安泰，相亲相爱，不似有的夫妻，一旦离开下三营子，就挣断了婚姻的根，各奔东西了。

　　林秀珊想给王锐买个口琴的愿望已经不是一天两天了。这次能舍得买，完全是因为她意外得到了六十元钱。毛纺厂每逢节日时，会给工人搞一些福利，比如端午节分鸡蛋，中秋节分月饼，等等。在食堂工作的人，只有她不是正式的，所以轮到分东西时，总没她的份。林秀珊早已习惯了大家欢天喜地地分领东西时，她在一旁淘她的米，择她的菜。可这回中秋节却不同以往，林秀珊破例分到了毛纺厂自家生产的一床拉舍尔毛毯。前几天上任的后勤主任来察看食堂工作，林秀珊正戴着条油渍斑斑的大围裙"咣——咣——"地用小斧子砍猪脊骨。在副食店中，猪骨头分为三等，最贵的是扇骨，称为"净排"，最便宜的是大骨棒，居中的是三角形的脊骨。食堂买来的多数是脊骨。剁脊骨需要力气和技巧。有力气而无技巧，容易把脊骨剁得支离破碎的，而有技巧却无力气，脊骨上的伤痕就会跟鱼尾纹一样多。林秀珊剁脊骨，总是一斧子就下来一块，脊骨大小相等，均匀适中，易于烹煮。后勤主任见林秀珊剁脊骨十分在行，就站在她旁边看了几眼。林秀珊毫无知觉，当她剁完脊骨抬头的一瞬，看到了后勤主任打量自己的目光，那赞许而又满含欣赏的目光让林秀珊红了脸，她受不了男人对她的好目光。就是婚后王锐带着欣赏的成分多看她几眼，她也会脸红。后勤主任问林秀珊是哪儿的人，林秀珊说是下三营子的。后勤主任不知道下三营子在哪里，就问她，结果林秀珊给他解释得一头雾水。她不说这个村属于哪个乡，又归属哪个县，而是说从让湖路乘慢车，坐上十几小时后换另一列火车，再坐三小时后换乘汽车，过四小时就到了。不但后勤主任听糊涂了，灶房的其他人也听糊涂了，大家笑了起来，把本来已经红了脸的林秀珊笑得脸更红了，红得就像她刚刚剁下的脊骨里嵌着的肉。食堂组长王爱玲对林秀珊一向很好，她就趁机跟后勤主任夸赞林秀珊脾气好，能吃苦，温顺，说她每个月除了四百元的固定工钱外，从来没有享受过任何福利，可她从无怨言。后勤主任就一挥手说："过几天是中秋节，无论分什么，都给她一份！"这真出乎林秀珊的意料，仿佛童年时在故乡的地根河望水中的明月，总以为那是虚假的。直到两天前她真的跟正式工人一样得到了一床色彩鲜艳的拉舍尔毛毯，才信以为真。这种毛毯在百货公司大约要卖二百，就是出厂价也在一百四十元左右。林秀珊第一眼看见它，眼里就横出一条口琴的形象。她的铺盖是毛纺厂配备的：一条棉花有些板结的褥子，一床蓝方格被子。虽然褥子有些硬，被子嫌薄了些，可她觉得她用毛毯太奢侈了。她也知道毛毯垫在褥子上柔软舒服，而冬天暖气不足时加盖在被子上会分外暖和，可她不舍得用它。她打算着到农贸市场悄悄把它卖掉，用所得的钱给王锐买个口琴。农贸市场里经常有流动的商贩，一看他们的装扮，就知他们是郊县的农民。他们背着一袋瓜子或是挎着一篮核桃、一篮蘑菇、一篮野果子，等等，提着一杆秤，游走着做生意。他们做生意不像那些有了店铺的人那般理直气壮，他们吆喝时总是东张西望的，唯恐被市场管理所收税的撞上。若真是看见戴着大盖帽、穿着蓝灰制服的人走过，他们会吓得落荒而逃。这种做生意的方式很辛苦，又很有趣和冒险。林秀珊早想一试，可惜没什么可卖的东西。现在这床拉舍尔毛毯适时而来，她就想做一回生意人。她给它在心中定了个价格，别低于一百二十元。当她在一天晚饭后提着它要去农贸市场的夜市时,王爱玲叫住了她。王爱玲说,她弟弟快结婚了,她手中也分了一床毛毯,正想着再买一床凑成双,不如让林秀珊把它卖给自己,省得她费口舌和精力。万一卖不掉,被收费的人发现了,东西没收了不说,还得缴罚款。林秀珊就爽快地说,干脆你就把它拿去吧,算我送你弟弟的结婚礼物!林秀珊明白,没有王爱玲,她也不会得到这份"福利"。王爱玲说:"那怎么行,你要是不要钱,我宁肯再买一床!"林秀珊:"那行,你就少给我点钱吧。"王爱玲掏出一百元给她,林秀珊心里"咯噔"了一下,心想这比她要卖的少二十块呢,她仿佛看见王锐的口琴有几个小孔不会发音了。但她嘴上说的却是:"太多了!太多了!"两个人各自虚伪地争执着,一个非说给多了,一个非说给少了,最终林秀珊要了王爱玲六十元钱。刚开始她有些沮丧,觉得王锐的口琴有一半不能发音了,但她很快又高兴起来,因为王爱玲许诺她,中秋节时给她一天假,让她去哈尔滨看望王锐,这真让她喜出望外。她从银行取出一百五十块钱,加上那六十元,给王锐买了一把价值一百三十元的口琴,又买了一袋月饼,余下的钱用于购车票和到哈尔滨吃住的费用了。

  林秀珊抚摸着口琴,就像触到了王锐柔软温热的唇。她要给他一个惊喜。她估计王锐上午在工地,打算着下车后就直奔工地找他。中午两个人可以在一家小饭馆叫上两屉蒸饺,晚上时吃月饼。她打算晚上六点之后再去登记房间,不然,要多缴半天的房费。

慢车就像一个惯于施舍的人,对于那些快车不屑于停靠的小站,它却仁慈地站下来了。它走一走,就要停一停。一般的旅客厌烦慢车的这种"逢站必停",林秀珊却不。那些小站常让她想起下三营子。下三营子不通火车,连这样的小站都没有。要是火车对所有的小站都呼啸着一掠而过,那不就跟财大气粗的人对沿途的乞讨者置之不理一样可恶么?上下小站的人大都神色倦怠,衣着破旧,他们看人时的表情有几分呆滞,几分胆怯,几分平和,又有几分微微的好奇。有的慢车不对号入座,上车的旅客就先要紧张地奔着空位置东蹿西跳,往往没等他们坐下来,火车就启动了。火车在小站的停车时间通常是三分钟,最长的不过五分钟。上下车的人永远都是慌慌张张的。林秀珊在火车上坐得闷了,就喜欢打量新上来的乘客。有的妇女的花衣裳好看,她就盯着人家的衣裳看;有的小孩子的脸蛋红扑扑的,她就盯着小孩的脸蛋看。有一回她见一个男人的发式好看,就盯着人家的头发看,心想王锐若是梳个这样的发式也不错。结果那个花心的农民以为林秀珊看上了他,悄悄地把腿从茶桌下伸到她腿旁,轻轻地踢她,暗示和试探她。林秀珊就张开嘴,长时间地把一口黄牙暴露出来,宛若打开粮仓晒金灿灿的玉米一样。这一招果然把那男人吓着了,他连忙起身去寻别的座位。林秀珊就合上嘴,趴在茶桌上偷偷笑了。她想,幸亏没给自己的这口坏牙做美容,它们的丑陋是射向那些对她心怀不轨的人的子弹。

林秀珊看了一会口琴,把它放回包里,又调皮地玩了一会儿闹钟,依然又把它放回包里。虽然已是初秋了,风微微凉了,可阳光却依然明媚。她仰望蓝天下的那一朵朵雪白的云——它们在她读过的小学课文中被比喻为羊群。林秀珊觉得再贴切不过了。她想天上放出来的羊群到底是不一样,它们肥美而洁净。只是她不知牧羊者是谁。是太阳么?也许是,因为太阳投下的光在她看来就像一条条羊鞭。

林秀珊是个有着奇思妙想的人,比如这火车的车轨,在她眼里分明就是两条长长的腿。而城市街道上伫立着的电话亭,在她看来就是一只只大耳朵。现在她的包里多了一把口琴,她就觉得这不停发出声响的火车是一把琴,而能让这琴发音的,是那弓弦一样的铁轨。现在她是坐在一把小提琴上去看望王锐,生活中还有什么比这更美好的事情呢?火车响着,车厢内有说话声、咳嗽声、小孩子的哭闹声，而窗外又有公路上汽车的喇叭声传来，她觉得这些声音都是帮助这列小提琴似的火车来合奏一首内容丰富的乐曲的。她喜欢这样的声音，嘈杂、琐碎、亲切、温存。

慢车经过龙凤站时，王锐的对面上来一对男女。女人被搀扶着，面色苍黄，有气无力的。搀她的瘦高男人刀条脸，一嘴的酒气。王锐猜他是那女人的丈夫。女人虽然满面病容，但她的美丽仍然像河面上的月光一样动人。她坐下来后哀怜地看了一眼王锐，王锐就很想问候她一声。他的包里，有几个橘子，两块月饼，还有一条丝巾。月饼是他要和林秀珊赏月时吃的，而丝巾是要送她做礼物的。让湖路春秋时风大，林秀珊早就想拥有一块丝巾来包裹头发，可她一直没舍得买。王锐就在国贸地下商城的摊床为妻子买了一条蓝地紫花的丝巾。他不敢去大商城，那里的商品贵得令人咋舌，而地下商城的东西，从来都可以讲价。这条要价六十元的丝巾，他花了三十五元就买下来了。他先是要了蓝地白花的，它豁亮极了，一眼望去像是晴空下飘荡的一片白云。后来她怕妻子戴这样的丝巾太招人眼，万一她在周五的傍晚等他的电话时戴这样的丝巾被坏男人盯上了怎么办？于是他就换了一条蓝地紫花的，它不那么显眼，也很漂亮，有如暗夜草地上的花，虽然看上去影影绰绰的，但给人一种典雅的美。既然丝巾和月饼是不能给对面的女病人的，王锐就掏出一只橘子给她，说："吃个橘子解解渴吧。"那女人努力挤出几丝笑容，摇了摇头。而她身边的男人，充满敌意地瞟了他一眼，对那女人嘀咕了一句："你病成这样了，还这么勾人的魂儿！"王锐很想说那男人几句，你女人病成这样了，怎么还说风凉话？可他怕人家骂自己多管闲事，也就没说什么，并且在那女人摇头之后，把那个没送出去的橘子又收回包里，免得惹是生非。那男人坐下来后点起一棵烟，在烟雾中眯缝着眼问王锐："兄弟，去哪儿啊？"王锐没说目的地，而是说了他要看望的对象："看媳妇去！"这时那女人扬着手对男人说："我还是痛，再给我一片止痛药。"男人一手掐着烟，一手在兜里翻腾药片，数落那女人："我早就跟你说过，跟着情人跑的人是没有好下场的！你精精神神、漂漂亮亮的时候他就跟你欢欢喜喜的，你一旦有个病有个灾，他就一脚把你踢出门了，还不得原来的主儿侍候你？！你保证以后不跟你那情人交往了，我就把酒戒了，烟也戒了，你就是要天上的月亮，我也会架个云梯给你去摘！"说完，他摸出药片，把它填到女人嘴里，又从旅行包里拿出矿泉水瓶，拧开盖，喂那女人吃药。女人大约嫌他在陌生人面前揭她的短，吃过药后，就合上眼睛佯睡了。王锐这才明白，这女人原来有个情人！先前对那女人的同情也就一落千丈，他忽然同情起对面的男人来了。他想林秀珊若是跟了别人，他可没有这么宽阔的胸怀再接纳她。王锐主动问那男人："大哥，回家过八月十五啊？"那男人说："对，回讷河。"王锐指着那女人问："你媳妇？"那男人吐了一口痰，说："哼，是我媳妇！"他瞪了那女人一眼，叹了一口气，说："你说去看媳妇，那么你和媳妇是两地生活啊？"王锐点了点头。那男人狠狠地吸了一口烟，说："不是我喝多了跟你说疯话，你听我一句话，赶快想办法整到一块吧，不在一块的夫妻不出事才怪！像我们，一个在讷河，一个在龙凤，你知道她天天晚上跟谁躺在被窝里数星星啊！"王锐笑了，他轻声说："我媳妇可不是那种人。"那男人撇了一下嘴，一本正经地板着脸教训他："兄弟，可别说大话，自古以来最不敢打赌的就是自己的女人不出去养汉！"说完，他咂摸了几下嘴。他讲话时舌头微微有些发硬，足见他喝了过量的酒。王锐想他如果不喝那么多酒的话，也就不会当着陌生人不顾自尊、口无遮拦地展览"家丑"了。林秀珊就说过酒是"魔术水"，人若是喝多了它，完全就不是本来的样子了，文静的女人变得浪荡了，木讷少言的男人变得跟八哥一样喋喋不休了。王锐就和妻子开玩笑说："哪天我把你灌醉了，也让你浪荡浪荡！"林秀珊说："你嫌我不风骚，是不是？"王锐说："你要是真学得风骚了，我在工棚里还不得夜夜失眠啊。"林秀珊就露出她那一口黄牙，带着几分娇嗔，几分得意，几分甜蜜，如盛开的金莲花一样地笑了。

车厢的过道里响起了流动小货车走来的吱扭扭的声音。那男人掐灭了烟，神情亢奋地吆喝货车停下来，要了两瓶啤酒，一袋花生米，两根香肠。他用牙齿把两个瓶盖麻利地咬下来，递给王锐一瓶，说："兄弟，吹一瓶吧！"王锐连忙说："我不会喝酒，你喝你喝！"那男人边撕花生米的包装袋边说："酒是好东西啊，喝了它心里舒坦！"说完，他耸了一下肩膀，说："有时我觉得心里乱七八糟的，堵得慌，就像塞满了垃圾，可是酒一落肚，咳，就觉得心里敞亮了！酒就像小扫把一样，把那些脏东西都给我清除掉了！"他一用力，花生米的袋口被撕裂了，"哗——"的一声，袋中的花生米有多半撒在地上，花生米咕噜噜地四处滚动，那男人骂："我×，你们又不是黄花闺女，天生就是被人吃的，还溜，就是溜了，我吃不上你，老鼠也会把你们吃了！"他的话把王锐逗笑了。就连那女人也微微睁开眼,偷偷看了一眼对着遗落的花生米发牢骚的丈夫,嘴角浮出几丝不易察觉的微笑,然后又合上了眼睛。

王锐已经快到站了。他看着对面的男人咕嘟嘟地喝啤酒。一喝上酒,他的话就更多了。他骂这车厢里的腥臭气,说是不知哪个混蛋把变了质的鱼带上车了;他骂厕所的尿骚味,嫌乘务员个个是懒虫,不知道冲刷厕所。他还骂慢车跟婊子一样,逢站就要拉客。他很快干掉了一瓶啤酒,他在弯腰把空酒瓶摆在地上的时候叹了一口气,说:"唉,我老婆的水分就像这瓶里的酒,让情人给吱咕吱咕地喝干了,留给我的,就是个空瓶!可我还不舍得扔掉这个空瓶子!"说完,他站起身,无限怜爱地抚弄了一下那女人的头发。他的举动险些催下王锐的泪水,他对眼前这个看似粗俗、牢骚满腹的男人有了一股莫名的好感。所以当他在让湖路下车的时候,他紧紧地握了一下那男人的手,说:"回去过个好中秋节吧!"那男人嘟囔道:"咳,你怎么这么快就下车了?我还没跟你聊够呢!"

王锐步出站台时,心里不由得有了几分怅惘。他想万一林秀珊看上别的男人怎么办?他可不想让妻子的笑容开在别的男人的怀抱里。林秀珊曾跟他说过,毛纺厂传达室的老李对她很热情,有一次她去电话亭等王锐的电话，天忽然落起雨来，老李就打着伞来接她，一直把她送回宿舍。林秀珊说她头一回和别的男人合打一把伞，心里很紧张，有意识地与老李隔得远一些，结果半面身子淋在雨中，仍然弄得身上湿漉漉的。王锐当时与林秀珊开玩笑说："这老李分明是想把你弄湿了，让你浑身发冷，再说要为你暖身子！"林秀珊朝王锐的胸上猛捶了一下，说："我才不让别人为我暖身子呢！"王锐只见过老李一回，印象中他是个面目和善的人。他想今天他找林秀珊，一定要在传达室停一下，让老李看看他给妻子买的丝巾，让他明白他对林秀珊的爱有多么深。可他不知道今天是不是老李的班。传达室的两个人是轮流当班，每人值一天一宿的班后，会休息一天。

是上午十一点左右的光景，阳光强烈得直晃眼睛。王锐快步朝毛纺厂走去。沿途随处可见提着月饼和水果的行人，王锐明白他们这是为着晚上的那轮月亮而准备的。在下三营子过中秋节时，母亲会在院子里放上桌子，摆上月饼、瓜果来"祭月"。月饼和瓜果经过月亮的照耀后，人才会去吃它们。

王锐路过传达室时，特意看了一眼是谁当班，结果发现不是老李，这让他有些失望。那个人不认识王锐，他见王锐径直朝厂子大门走去，就吆喝他："喂，你站住！找谁去呀？"王锐停下脚步，说："找我媳妇林秀珊！"那人说："林秀珊一大早就提着包出门了，不在厂子里！"王锐说："这怎么可能！"那人说："你不嫌遛腿儿，就进去找找看！"他很有原则性地拿出一张单子，让王锐填上姓名，并查看了他的身份证，这才放他进去。王锐想这个人一定是看错人了，林秀珊在食堂工作，她怎么可能擅自出门呢？他很快走到厂区西北角的食堂，一推开灶房的门，就闻到一股炖肉的香味。王锐看见王爱玲在切白菜丝，其他两个人择着豆角。王爱玲一见王锐就惊叫道："你怎么来了？"王锐说："今天过节，工头给了我一天假，我来看看秀珊。"王爱玲撇下菜刀"哎哟"叫了一声说："我们今天给了秀珊一天假，让她去看你，她一大早晨就去哈尔滨了！你赶快往回返吧！"王锐僵直地站在那里，好半天才醒过神来，他说："这事闹的！"

　　王锐几乎是一路小跑着冲出毛纺厂。路过传达室门口时，那个当班的人对他说："我没说错吧？"王锐没理睬他，直奔火车站而去。到了那里，立即买了一张半小时后开往哈尔滨的慢车票。他想林秀珊找不到他，一定会在工地等他。

　　正午了，王锐听见自己的肚子咕咕叫了。他花一元钱买了两个酸菜馅肉包子。那包子皮厚馅少，已经冰凉了,吃得他直反胃。本来就心急如焚,偏偏又听到广播说这列慢车大约要晚点十五分钟左右,这可真是火上浇油。王锐有个毛病,一旦着起急来,就有些小便失禁,他一趟接着一趟地往厕所跑。当年林秀珊生孩子难产,听着妻子喊天叫地的哭号声,他也是抑制不住地一遍一遍地跑出去撒尿。当儿子终于哭叫着降生了,他也尿得头晕眼花,快迈不动步了。

王锐每次从厕所跑出来,都要看一眼检票口上方的电子显示屏上打出的列车进站的信息。他生怕火车又抢回了时间,正点进站了,把他给甩下来。虽然凭经验他明白,慢车一旦晚点了,是不可能把时间调整到正常时刻的。因为慢车运行区间短,通常是没等车速起来,它又要为着那一个个小站而停下来了。

果然,那列火车足足晚点了二十分钟才像个酒鬼一样晃晃悠悠地进站。也许是中秋节客流量大,王锐没有买到座号,他就站在车厢连接处的茶炉前。那里聚着几个跟他一样无座的人,有个妇女怀抱孩子坐在地上,无所顾忌地奶孩子。王锐看了一眼她裸露的丰满的奶子,不由得羞愧地低下头。他觉得看别的女人的奶,就是对妻子的不忠。另几个站着的人,有的在吸烟,有的靠着肮脏的车厢板壁,疲倦地打瞌睡。一旦上了车,王锐就心安了。他站在车门口,透过污浊的玻璃望窗外的风景。他想这样的大晴天，晚上的月亮一定分外光华、明净。他想起在下三营子过中秋节时，林秀珊会用洗衣盆装上清水，看水中的月亮。王锐问她为什么不看天上的？林秀珊总是咯咯地笑着说："天上的月亮摸不着，水里的能摸得着。"说着，就用手去捞月亮，把月亮捞得颤颤巍巍的，好像月亮一下子老了几十岁。想起林秀珊，王锐就有一股格外温馨的感觉。慢车行进的声音很像一个发病的哮喘患者，发出一股令人窒息的杂音。王锐站了一会儿，就觉得腿脚发酸了。他转过身来，发现茶炉旁聚集了几个接水的人，他们有的托着白色的快餐碗面盒，有的则端着茶渍斑斑的缸子。他们都在抱怨这水太温吞。王锐想与其在这消磨时光，不如到车厢里询问一下别的乘客有没有提早下车的，他好寻个空位。他从接水的人的身后艰难地挤进车厢，结果发现过道里也站满了人，便知自己的愿望十有八九会落空。他问了六七个人，他们不是说在终点站下车，就是说站在过道的人早已把他们的座位候上了。王锐只能悻悻地再回到茶炉旁，想着两三个小时的路途不算远，也就安心地站到了车门口。可是慢车的车门就像人的假牙一样容易脱落，你靠了它没有多久，它就在小站上停车了。车门打开后，上下车的人一拥挤，王锐就被挤得团团转，他感觉自己就像被抽打着的陀螺，不由自主地旋转。待到车门关闭，火车重新启动后，他已被折腾得满头大汗，气喘吁吁，就像砌了一天砖一样四肢酸软、疲乏无力。王锐想这个时刻要是孙悟空出现就好了，吹上一根毫毛把人变成蜜蜂蚊子，那样所有的座位都会是空的了。这样一联想，他就觉得人是可怜的，鸟儿去哪里都不用买票，只需把翅膀一扇，天空就可以做它的道路。

慢车常有逃票的人。有些人逃票技巧高超，看着乘警来查票了，不是溜进厕所，就是钻到坐席下面。还有的是两个人合伙逃票，唱双簧，他们只买一张票，查票时一个人待在原处，另一个人躲在车厢连接处。被查过票的人通常会做出要上厕所的样子，把已验过的票递给无票的人。这样无票的人就成了有票的人，大摇大摆地回来了。这些逃票技巧，王锐都是听工友们说的。他们常常逃票，讲起来头头是道。王锐也曾动过逃票的心思，有一回他只买了一张站台票就上了火车，可查票的乘警一来，他就六神无主了，不知该去厕所，还是在众目睽睽之下像老鼠一样钻到坐席下面。最后他主动要求补了票，结果多花了两元钱的补票费，自认为得不偿失，以后再也没冒这个险了。

乘警押着几个落网的逃票者雄赳赳地走了过来。他看了一眼王锐，认为站在茶炉前的他有逃票的嫌疑,就吆喝他:"把你的票拿出来!"王锐就去西装口袋里掏票,他记得检过票后,他把它放在那里了。可是翻来翻去,车票却踪影皆无;他便去翻裤兜,裤兜里也没有!他心下一惊:这票是不是挤丢了?王锐就低头看脚下,结果他看见的是橘子皮、瓜子皮和废纸,根本就没有车票。王锐急得喉咙发干,他张口结舌地对乘警说:"我真的买了票!"乘警冷笑了一声,说:"你们这套把戏我见得多了,跟我走!"在乘警盘查王锐的时候,那几个逃票的人迅速地逃了。乘警一看被押解的逃票者一个都不见了,就问坐在地上怀抱小孩的妇女:"看见他们往哪儿去了么?是往前面的车厢去了,还是去后面了?"那妇女说:"我看我孩子的脸来着,没看那些人的脸,我怎么知道他们去哪儿了?"乘警就一挥手把火撒在王锐身上:"跟我走!"王锐找票找得手忙脚乱,恨不能脱光了衣服干净彻底地寻一遍。乘警让他跟着走,他说:"再让我找一找,我真的买了票了!"乘警说:"我逮住你一个,却溜走了五个!你跟那几个人是不是一伙的?你把我耗住,好让他们脱身?"王锐无限委屈地说:"这可真冤枉人啊,我怎么跟他们是一伙的了?我与他们不认不识!再说了,你这火车是一张网,他们几个是网里的鱼,庙在,和尚还能跑到哪里去呀?"他这一番话把乘警逗笑了。抱小孩的妇女也笑了，她说乘警："我看你连黑熊都不如！黑熊掰苞米，是掰一穗扔一穗。你呢，掰一穗扔了五穗！"她的话缓解了王锐的紧张情绪，王锐笑了，乘警笑了，聚集在茶炉旁的人也都笑了。好像这里有人在说相声，其乐融融。可惜笑声变不成一只只灵巧的手，能帮王锐找出车票，他只能垂头丧气地跟着乘警走。他们一直走到餐车，那里已有另外一名乘警在给几名逃票者补票了。餐车有空位，几个女乘务员聚集在一起叽叽嘎嘎地说笑，还有几个厨师在打扑克。厨师戴着的白帽子和穿着的白大褂像初春的雪一样肮脏。苍蝇在污渍斑斑的台布上飞起飞落，悠然自得。王锐坐下来，耐心地跟乘警说："我从来没逃过票，我向你保证！你给我几分钟时间，容我再找找！"乘警说："因为抓你，跑了五个人，我没让你补六张票就算不错了！快说，从哪儿上的车？到哪儿下？"王锐说："我在让湖路上的车，到哈尔滨去。"乘警吆喝补票员："给这小子补一张从让湖路到哈尔滨的车票！"王锐急了，他说："我要是没有买票，就让雷把我劈死！"乘警说："你也知道晴天没有雷，你赌什么咒？赶快补票，不然到了哈尔滨，把你弄到铁路派出所去！"王锐偏偏来了犟脾气，他一字一顿地说："我——没——逃——票！"乘警说："口说无凭，把票拿出来啊?!"王锐说:"那你让我去趟厕所,我扒光了衣服,仔仔细细地找!"乘警说:"你用不着去厕所扒光自己,就在这里扒吧!如今还上哪儿找处女和童男,人身上的那点零件谁没见识过,脱吧!"他的话让那几个女乘务员大笑起来,但她们没等笑利索就各提了一把钥匙离开餐车,看来前方又到一个车站了,她们这是去给自己负责的车厢开门。王锐觉得自己受到了莫大的污辱,他咆哮着说:"我真的是买票了,要是我真找不出票来,它肯定是丢了!"乘警笑着说:"别激动,大过节的,高高兴兴的好不好?赶快补了票走人吧!"王锐心犹不甘,他记得没错,票确实放在西装口袋里了。他脱下西装,像考古学家打开墓葬一样,认真地察看那墓穴一样的口袋,结果他发现口袋开线了,车票滑落到衬里中了!所幸衬里的底线轧得比较密实,车票才安然夹在其中。当他终于把票如愿以偿地翻出来递给乘警时,王锐真是恨透了这件西装,他觉得它像汉奸一样把他出卖了。乘警见到车票,对王锐说:"还真是冤枉了你!"见王锐委屈得像是要哭的样子,乘警又说:"你就坐在这儿吧,不收你的座位钱了!"王锐可不想坐在这里,他想回到原先站着的地方。他要把车票给拥堵在茶炉前的乘客看,他没撒谎,他是清白的!王锐把西装搭在胳膊上,拎着包走出餐车。火车刚刚离开站台，车体晃得厉害，王锐也跟着摇晃着。等他回到原来的位置后，发现那个抱小孩的妇女已经不见了，不知她是下车了，还是找到了座位？而先前站着的人，也换了新面孔。只有那个锈迹斑斑的茶炉，还露着它那仿佛是饱经沧桑的老脸孔，迎接着他。

　　王锐本来就因为见林秀珊扑了空而心生懊恼，再加上车票的风波，他的情绪异常的低落。他想早知如此，还不如不对着镜头说那些假话呢，结果遭到工友们的耻笑不说，他为此换来的这个假日旅行又极不愉快。

　　前天中午，王锐正坐在工棚前吃午饭，工头把他叫出来，说是电视台来了两个记者，想采访一下打工者的待遇问题。工头说王锐形象好，口才也好，让他给建筑公司多美言几句，就说他们公司吃住条件都好，从未拖欠过打工者的工资，等等。王锐本不想给人当枪使，但工头趴在他耳边悄悄说了一句话："你说好了，我奖励你一百块钱！"王锐说："除了钱，能让我在中秋节时歇一天，我就去说。"工头一拍胸脯说："没问题！"于是王锐就被记者拉到工地旁。男记者扛着火箭筒似的摄像机对着他，女记者则拿着甘蔗似的话筒对着他。王锐虽然是初次上镜，可他却丝毫都不紧张。记者问他："你对恒基建筑公司给你提供的食宿满意么？"王锐说："很满意，每天的菜里都有肉，馒头和米饭管够！住的也不挤，能伸开腿！"记者问："公司拖欠过你们的工钱么？"王锐说："没有，我们过年时探家，都能拿到现钱。"记者又问："你喜欢当建筑工人么？"王锐说："喜欢，因为我是在给人造安乐窝。鸟儿要是没窝，就得栖息在风雨中；人要是没窝，不就成了流浪者了么？"采访顺利结束了，工头很满意，当即兑现给王锐一百块钱，允许他中秋节时休息一天。王锐就用这一百元钱给林秀珊买了块丝巾，又买了月饼和橘子，打算赶到让湖路给林秀珊一个惊喜，谁料林秀珊也会得到一个假日，突然来探望他呢！看来两个惊喜一交错，惊喜就变成了哀愁。王锐还记得昨晚工友们聚集在那台只有十二英寸的电视机前观看他接受采访的情景，王锐的图像一从晚间新闻节目中消失，大家就七嘴八舌地议论开了。有人说王锐当瓦工可惜了，他编瞎话的能力完全可以去当个昏官；有人说以后要是缺钱用了，就朝他借，谁让他说公司没拖欠过工钱呢！还有人说王锐的样子像某某某、某某某，而那些名字都是大家看过的电影中叛徒的名字。工友们的话就像蜜蜂一样蜇着他的脸，王锐只好为自己辩解说："我要不为他们说点好听的，公司还不得把我们都解雇了啊？咱们寄人篱下，就得嘴甜点！"工友们便不说什么了。可王锐却很难过，他暗想金钱和女人确实能拉拢和腐蚀人，一百元钱和林秀珊，就能让他堂而皇之地为别人唱赞歌。

王锐乘慢车返回哈尔滨时，林秀珊也满怀失落地踏上了返回让湖路的旅途。当她在中午十二点左右赶到王锐所在的道外的建筑工地后，她就跟两个往吊车上搬砖的民工说："你们能帮我叫一下王锐么？"那两个人互相看了一眼，笑嘻嘻地说："王锐是谁呀？我们不认识！"林秀珊认得与王锐铺挨铺的杨成，她就说："那你们认识杨成么？"那两个人依旧笑嘻嘻地异口同声地说："杨成是谁呀？我们不认识！"林秀珊以为来错了工地，正狐疑间，那两个人嘿嘿笑了，说："你是王锐的老婆吧？我们见过你，你来工棚找过他！可他今天不在工地！"一听说王锐不在工地，林秀珊吓得腿软了，眼晕了，她颤着声问："他出了什么事了？"两个工友相视一笑，其中一个说："他现在可是明星了，上了电视了！"林秀珊更是吓得心慌气短了，她想王锐又不是有身份有地位有财富的名人，他要是上了电视，还不是跟那些穷人一样，不是犯了法在"现身说法"，就是受了骗在痛哭流涕地"申冤"。正当林秀珊心急如焚的时候，刚好看见杨成和几个人往楼上运预制板，她就奔过去喊住杨成："杨大哥，我家王锐究竟出了什么事？他怎么不在工地？"说这话时，她有些眼泪汪汪的了。杨成一见林秀珊，就"哎呀"叫了一声说："王锐看你去了，你们这是走岔了！"林秀珊说："你不要骗我，他怎么了？你们都在工地上班，他怎么不在？"杨成就简单地把王锐在电视新闻中为公司讲了好话，公司奖励他一天假期的事说了。杨成说："你赶快往回返吧，估计王锐早就到你那里了！"林秀珊说："你没骗我？"杨成说："我骗你干啥？"林秀珊就急急忙忙地乘公共汽车返回火车站，买了一张午后一点零五分的慢车票。她想王锐知道她来哈尔滨寻他不见，一定能猜到她会立刻返回。她不是在厂房门口等她，就是去他们常去的私人旅馆等她了。一旦知道王锐平安无事，林秀珊高悬的心就落下来了。她在站前快餐店吃了一碗炸酱面后，就随着蜂拥的人流通过检票口，走下地下通道，奔向她要乘坐的列车了。她算计着五点之前就能见到王锐。林秀珊不像王锐的运气那么差，她买到了座号，而且临窗，这让她暗自得意，她和王锐一样喜欢在列车经过江桥时眺望松花江。有一回她刚好看见落日浸在江水中，感觉这条如蛟龙的江仿佛是衔着一颗灿烂的珠子。

列车在轻快的乐曲声中离开了站台。如果说林秀珊感觉让湖路站是个牲口棚的话，那么它只是一个小牲口棚，而哈尔滨站则是一个大牲口棚。八个站台上进出站的列车络绎不绝，汽笛声此起彼伏，仿佛驴叫马嘶牛哞狗吠鸡鸣的声音全都交汇到一起了。那橘红色车体的列车像一头头健壮的牛，银灰色的列车则像一匹匹雪青色的骏马。像她乘坐的果绿色列车，就像脾气温驯的羊。这趟列车是由哈尔滨开往图里河方向的，凡是始发站的列车都很干净，它们就像清晨刚刚梳洗完毕的少女一样，给人一种洁净、清爽的感觉。而那些长途跋涉来的过路车，则邋遢得像个老妪。

林秀珊所乘坐的两人座的对面还空着位置，她就调换了一下方向，这样她与火车行进的方向是同向了。有人坐反方向的列车会觉得不适，易于晕车，林秀珊却不。但她还是喜欢与列车前行一致的座位，否则，列车虽在前进，你却有倒退回去的感觉。而且，反方向望风景时，你会觉得视野中的一棵树、一座房屋是由大变小，最后小得跟芝麻粒一样，让你怀疑自己行进在一个虚幻的世界，似乎什么都在飞速地奇异地消失。而与列车同向看风景，视野中的风景却是由小变大，由模糊变得清晰，风景总是在它最明朗的一瞬消失，给人一种真实可触的感觉。

林秀珊刚刚调换好座位，就见从车厢门口走过来两个人。他们同样的身高，但是一胖一瘦。瘦男人戴副眼镜，气质很好，看上去儒雅斯文，很有涵养的样子。不过他的双手被手铐扣着。胖男人看上去有四十多岁了，挎着一个黑皮旅行包，穿一件古铜色细条绒的衬衣，右唇角生了疮，就像沾着个烂草莓似的。胖男人拿出两张票，在林秀珊面前停下来，对她说："小姐，这儿是您的座位么？"林秀珊的脸刷地红了，仿佛偷了什么东西被人逮住了似的，她连忙起身又坐回对面，说："我以为车开了没来人，这座位就是空的了，对不起啊。"胖男人说："没关系。"他让戴手铐的人坐在靠窗的位置，而他稳稳实实地坐在过道一侧，把旅行包放在腿上。瘦男人坐下来后，若无其事地把双手摆在茶桌上，就像故意展览那副手铐似的。胖男人问他："想去厕所么？"瘦男人摇了摇头。胖男人又问他："渴么？"瘦男人依旧摇摇头。胖男人打开旅行包，取出一条脚镣，吃力地弯下腰，给瘦男人戴上，然后拉上旅行包的拉链，将包扔在行李架上，连打了几个哈欠，似是疲倦到了极点的样子。林秀珊猜想戴眼镜的男人是被抓捕归案的犯人，而胖男人是个便衣警察。想想对面坐着个犯人，她有些心惊肉跳的，以致列车通过江桥时，她紧张得忘了看松花江。她不知道这男人犯了什么罪,杀人、强奸、抢劫还是诈骗?他看上去是那样的年轻和有气质,林秀珊很为他惋惜。

一名乘警走了过来。他到胖男人面前停了下来,说:"老王,有没有需要我们帮助的?"被称作老王的胖男人"噢"了一声,哑着嗓子说:"没有,一切都顺利。"乘警坐在林秀珊旁边的空位上,看了一眼瘦男人,对老王说:"就他杀了两个人?真他妈看不出来!"老王笑了,说:"按你的眼力,不该我押解他,应该他押解我才是?"乘警也笑了,说:"差不多吧!人家像警察,你倒像囚犯!"犯人抖了一下手铐,不易察觉地笑了一下。

乘警和老王各点了一棵烟,又聊了一些别的,然后乘警离开了,而老王则眯着眼打起盹来。乘警离开时对犯人说:"用不了多久你就该吃枪子了,再也不会坐火车了,你好好望望风景吧!"

林秀珊本想去别的空位,远离犯人,可她很好奇,这个人怎么会是杀人犯?他为什么杀人?她很想跟他说说话,可她不知道该怎样开口。而且,她担心她的询问会激怒他,他也许会举起戴着手铐的双手,把她的脑袋当西瓜一样砸碎。林秀珊一想到这个活生生的人即将被枪毙,她的身上就一阵一阵地发冷。她每望他一眼,都觉得那是一个鬼影。

便衣警察起了鼾声。他大约知道犯人手铐脚镣加身，寸步难行，所以睡得很安稳。有几个乘客知道车上押解着一个死刑犯，就悄悄走过来看犯人。犯人也不介意，他很平静地打量那些看他的人。看他的旅客每每遇见他的目光，就吓得掉头而去。好像他的目光是匕首，刺伤了他们似的。犯人一会儿望望窗外的风景，一会儿又看一眼林秀珊。他看风景的时间长，而看林秀珊只是瞥一眼。他瞥林秀珊时，她感觉自己的肩膀仿佛被鬼拍了一下，凉飕飕的。

列车每停靠站台时，车厢就会骚动一刻。这时警察会睁开眼睛，茫然地看一眼犯人。列车重新启动后，他又会沉沉睡去。上车的旅客越来越多，空座就没有闲着的了。只有林秀珊旁边的座位仍然无人敢坐。有两个旅客刚坐下来，一望见茶桌上犯人那双戴着手铐的手，就如惊弓之鸟一样地离开了。这个座位也就仿佛成了皇帝的御座，没人敢坐。

林秀珊在火车上就根本没心思去想王锐了。她的意识中只有眼前这个犯人。有几次她清了清嗓子，想问他一句："你今年多大了？"可话到嘴边又咽了回去。犯人大约看穿了她的心思，每当林秀珊清理完嗓子后，他就会眨眨眼，冲她微微一笑。他的笑容让她不寒而栗。不是她怕犯人的笑，而是觉得这样的笑容很快会如空中的浮云一样消散，而为他惋惜得慌。林秀珊从未见过死刑犯，更别说与他们面对面地坐着了。在她的印象中，死囚大都面目凶残、丑陋不堪。她没料到他竟然如此文质彬彬。

　　林秀珊不习惯倒着看风景，所以每看一眼窗外，就有些灰心丧气。她已经不惧怕与犯人面对面地坐着了。她从行李架上把旅行包拿出来，打开，又开始摆弄里面的东西了。她首先取出闹钟，漫无目的地给它上弦。几分钟后，它突然"铃铃铃"地叫了起来。警察被惊醒了，他在瞬间站了起来，去掏别在腰间的枪。犯人见状不由得笑了起来，这回他笑出了声。警察看了一眼闹钟，瞪了林秀珊一眼，说："我怎么听着像警铃声。"林秀珊也笑了。她的黄牙一定引起了警察的反感，他蹙了一下眉。林秀珊把这个调皮的闹钟放回包里。警察威胁她说："你别又给它定了时，过一会儿它再叫起来，我就掏枪打烂它的脑袋！"林秀珊心想，公安局给你佩枪是让你执行警务的，你敢对闹钟开枪，还不得把你开除出公安队伍啊？林秀珊在放回闹钟的同时，把口琴取了出来。她抚摸着口琴的一瞬，王锐又回到她心头。她想他一定等她等急了。他中午吃东西了没有？她最担心他去吃朝鲜冷面，王锐胃不好，吃了冷面常胃痛。可他又偏偏喜欢吃这个。林秀珊计划着晚上和王锐去吃三鲜水饺，让他喝一碗滚烫的饺子汤。

林秀珊摆弄口琴的时候，抬头看了犯人一眼。她发现犯人的眼神变了，先前看上去还显得冷漠、忧郁的目光，如今变得格外温暖柔和，他专注而无限神往地看着口琴。林秀珊想他也许像王锐一样会吹口琴，也许他也像王锐一样用口琴赢得过姑娘的芳心。林秀珊见他这么爱看口琴，就想把它收回去，因为它属于丈夫，好像别的男人是不配看的。但她一想这犯人活不多久了，他愿意看，就让他看个够吧。她把口琴放在茶桌上，让他能仔细地看。犯人看着口琴，就像历经寒冬的人看见了一枚春天的柳叶一样，无限地神往和陶醉。林秀珊问他："你会吹口琴？"犯人点了点头，然后微微叹息了一声。林秀珊明白他的叹息来自手铐，吹口琴需要的是自由的手。林秀珊推醒警察，对他说："你给他把手铐打开一下，好么？"警察横了一眼林秀珊，问："干什么？我好不容易把他缉拿住，你想把他放了不成？"林秀珊笑吟吟地举起口琴说："他想吹口琴，你就让他吹一下吧。"警察扭过头带着讥讽的口气对犯人说："你倒是真有本事啊，我迷糊了一会儿的工夫，你就把人心给笼络了！"警察咳嗽了一声，复又眯上了眼睛。他的举动说明他不想擅自给犯人打开手铐。林秀珊本不想再请求警察了，可她实在不忍心看犯人望口琴的那种眼神：那么向往，又那么哀怜！她再次鼓起勇气推醒警察，说："你就给他打开手铐，让他吹一下口琴吧！不让他多吹，就吹一个曲子！"警察叹了一口气，对林秀珊说："你不是他什么人吧？"林秀珊郑重其事地强调说："我是王锐的人！"警察说："王锐是谁呀？"林秀珊笑眯眯地说："是我丈夫！他也会吹口琴！"警察问犯人："你真想吹这玩意？"犯人点了点头。警察仍然有些犹豫，林秀珊就鼓励他说："他上着脚镣，跟驴被拴在磨盘上有什么区别？哪儿跑去呀！"林秀珊很愿意用牲口比方事物，她的话把警察逗笑了。警察对犯人说："这也是你最后一次吹口琴了，就给你个机会吧！"警察从裤兜里掏出钥匙，把手铐打开。犯人的那双手像女人的一样修长细腻，只是这手没有血色。犯人先是活动了一下手指，然后才像抱刚出世的婴儿一样小心翼翼地拿起口琴，把它托在掌心，轻轻递到唇边。林秀珊的心紧张得提了起来，她不知道口琴会发出何种音色，它美不美？突然，那小小的口琴迸发出悠扬的旋律，有如春水奔流一般，带给林秀珊一种猝不及防的美感。她从来没有听过这么柔和、温存、伤感、凄美的旋律，这曲子简直要催下她的泪水。王锐吹的曲子，她听了只想笑，那是一种明净的美；而犯人吹的曲子，有一种忧愁的美，让她听了很想哭。林秀珊这才明白，有时想哭时，心里也是美的啊！警察大约也没料到犯人会吹这么动听的口琴，他情不自禁地随着旋律晃着脑袋。而车厢的旅客，都被琴声召唤过来了，他们聚集在林秀珊和警察座位旁的过道上，听得兴味盎然。一首曲子吹毕，犯人把口琴悄悄放在茶桌上，林秀珊注意到他的手指哆嗦不已。乘客们都没听够口琴声，大家都央求警察："再让他吹一首吧！"警察爽快地说："行，今天中秋节，你给大家献上两首曲子，虽然赎不了罪，也算是为人民服务了！"这样，犯人颤抖着拈起口琴，又吹了一曲。林秀珊常嘲笑王锐吹口琴的样子，说很像一个牙口不好的人在啃一穗老玉米。而犯人吹口琴的动作，倒像一个英俊少年在原野上吃一根碧绿的黄瓜，她似乎都闻到了一股清香味。他吹的第二首曲子同样的忧伤、缠绵、舒缓，如梦如幻。林秀珊注意到，犯人的泪水已悄然顺着脸颊滚落到口琴上，这口琴就跟被露水打过一般，湿漉漉的。一曲终了，乘客都鼓起掌来。警察虽然一副意犹未尽的样子，但他还是拒绝了大家的请求，把手铐重新给犯人扣上。那把沾染着犯人口唇气息和泪水气味的口琴又回到林秀珊手里。林秀珊觉得有些对不起王锐，她就拿着口琴去了洗脸池，用冰凉的水反复冲刷这把口琴。可是冲着冲着，她的泪水就下来了。当火车在不知不觉间停靠到让湖路站台上时，林秀珊甚至觉得这一段路程太短暂了。她在下车前对犯人说："你吹的口琴可真美。"她不知道警察押解着他会在哪里下车。犯人冲林秀珊点了点头，算是与她告别。他自始至终没有说一句话。林秀珊走到喧闹的站前广场的时候，竟有些怅然若失。她站下来定了一会儿神，脑海里才浮现出王锐瘦高的影子。

建筑工地永远是嘈杂不堪的。混凝土搅拌机的轰鸣声，吊车起降的声音，钢筋与钢筋的清脆碰撞声以及瓦刀修整砖坯的"嚓嚓"声等混合在一起，把人的耳朵弄得嗡嗡地叫。王锐在下三营子时，感受最深切的是乡村的宁静。进城三年来，他觉得最辛苦的还不是身体，而是耳朵。在工地，耳朵每时每刻都要受噪音的鞭打。以往在乡村，哪怕是一声牛叫，他都能真切地感受到。可在城市里，工作和生活的环境充斥了噪音，他反而对声音不敏感了。他这才明白，真正的声音存在于寂静之中，而众多的声音其实是一种没声音的表现。

王锐满怀希望地赶到建筑工地时，已是夕阳西下的时分了。迎接他的首先是那些噪声。王锐以为会见到林秀珊,她该像个乖女孩一样地等他,然而他失望了。她会不会听说他去了让湖路,而又乘车返回了呢?王锐一旦这样想了,就格外地心凉。他碰到两个工友,就问他们:"你们见没见我媳妇呀?"工友则说:"你没和老婆过一夜,就跑回来了?"王锐想林秀珊认得杨成,她找不见他,一定会向杨成打听自己的。王锐乘吊车上到顶层,找到了杨成。杨成一见他就大叫一声:"你怎么跑回来了?我让你媳妇回去找你去了!"王锐觉得腿都软了,他有气无力地说:"她怎么不知道在这儿等我啊。"杨成说:"是我让她回去的!你现在赶快再返回去吧!我估摸着她早就该到站了!"王锐心灰意冷地说:"这一天折腾下来,我觉得比上工还累!"杨成嘿嘿笑着说:"晚上你把媳妇搂在怀里,乏也就解了!"王锐一想时间还来得及,就离开工地,乘公共汽车到了火车站,又买了一张去让湖路的车票。这回他很幸运,不但有座号,而且列车在他买了票十分钟后就进站了。王锐坐在相对整洁和敞亮的车厢中,想着三个小时后就会见到林秀珊,他的心境又明朗起来。

列车缓缓通过霓虹桥,在经过一片片灰蒙蒙的楼群后,铿锵有力地驶上了江桥。王锐这回没忘了眺望松花江，此时夕阳已经半沉，江面的一侧被橘黄的夕照笼罩着，另一侧却是沉重的灰色。这江看上去就仿佛是一个美少女在穿一件黄绸缎的袍子，只穿上了一只袖子，因而半江明媚半江暗。王锐觉得这样的江水反而有韵致。满江明媚让人觉得太艳，而满江灰暗又让人觉得压抑。只有这半明半暗地对比着，才让人觉得这江水魅力无穷。他甚至觉得他和林秀珊一直如此甜蜜，就是因为这若即若离的生活状态。他们独自生活着时，那就是"暗"，而相聚在一起时，则是"明"，明暗相交，总是让人回味无穷。

列车越走天色越暗，车厢的顶灯亮了，它投射的光线昏黄模糊，这样的光就给人一种苍老的感觉。王锐对面坐着两个男人，看上去他们素不相识，一个在一张纸上不停地写着数字，另一个则捧着一本杂志在看。看杂志的人不停抬头扫一眼王锐，王锐想我又不是字，你看我做什么？王锐的旁边，坐的是一位老太太，她一上车就靠着车窗睡了。她的睡姿很特别，两条胳膊不是放松着垂下，而是交叉着护着胸。如今戴套袖的人几乎看不见了，可老太太却戴着一副，因而很扎眼。一个穿着白大褂的胖女孩推着货车吱扭扭地来了，货车上有盒饭卖。王锐饿了，他花六元钱买了一份。他一般不喜欢买火车上的食品，它们不但难吃，而且价格很贵。比如他拿到手的盒饭，只有一撮拳头般大的米饭，旁边配着少许颜色黯淡的菜，就花掉了六元钱。而在车下，三元钱就足够了！王锐有些心疼地吃着盒饭，这时那个在纸上写了形形色色数字的人对王锐说："兄弟，随便给我说几组数字！每组七个数字！"王锐这才明白，此人是个"彩民"，正煞费苦心地编彩票号码。王锐笑笑，说："我没那个运气，你还是自己编吧！"那人说："求你还是给我说两注吧！"王锐见他如此恳切，就顺口说了两组数字。这两组数字他也曾买过，一个是他工地附近的公用电话亭的号码，一个是林秀珊在让湖路等他电话的那个电话亭的电话号码。可惜这两注号码连末等奖都没有中过。工友们大都有买彩票的爱好，他们总想碰碰运气，万一中了五百万元的头奖，不是一夜之间就成了富翁了么！可惜没有一个人有那样的红运，除了拜泉县来的李为民中过一次三百元的四等奖外，大多工友投的注，都像阳光下的肥皂泡一样消散了。林秀珊从来不买彩票，她说一看到彩票机，就会联想到吃人的老虎。这老虎胃口很大，天天在吃人喂给它的东西，把很多未识破它面目的人给盘剥得一文不名。王锐就说彩票机不总是老虎，它要么不吐金子，要是吐，就会给一个人吐上一地的金子，中几百万元奖的人不乏其人！林秀珊就一本正经地说："谁中了大奖，就说明让老虎给狠狠地咬上了一口，不会有好下场的！你想啊，人一下子得了几百万，不是因为钱分得不均了闹得夫妻兄弟不和，就是因为有了臭钱变得好吃懒做了，成了废物，这不是灾是什么？"

吃过盒饭，王锐觉得累，他把头向后仰，想眯上一会儿。他怕自己睡得沉，听不见列车员报站的声音，就问那个苦心琢磨彩票号码的人："你在哪儿下车？"那人问："干什么？"王锐说："我想眯一会儿，怕睡过去，听不见报站声。"那人打了一个哈欠，说："我也困了，眼皮都直打架了，我可不敢保证能叫醒你。"这时一直在看杂志的人对王锐："你们安心睡吧，我在终点下车，到站了我会叫你们的。"他问王锐在哪儿下车，王锐说："让湖路。"又问那个彩民在哪儿下，彩民说："嫩江。"看杂志的人说："放心吧，我不会忘了叫醒你们的！"他那超乎寻常的热情让王锐顿起疑心：他是不是个贼呢？他听说，如今在火车上作案的贼不像过去那样在车厢间四处流窜了，他们会买上一张票，堂而皇之地坐下来，趁旁边旅客不备时，伸出黑手。得手后就近下车，没得手就仍然盘踞车上，等待猎物出现。王锐闭上眼睛佯睡，故意把旅行包放在膝盖上，并且装模作样地打起了呼噜。那个彩民也随之打起了呼噜。王锐听得出来，彩民的呼噜是真的呼噜。果然，一刻钟后，他感觉腿上的包在动，王锐睁开眼睛，见那人依然举着杂志在看，他想这双贼手真的比魔术师的手还要快呀！王锐想既然这贼发现他警觉了，一定会游荡到别的车厢去。他在这里没得手，就会把手伸向别处。王锐想不如叫来乘警，让他看着这贼，可又一想自己并没有抓住人家任何把柄，若被他反咬一口，岂不冤枉？王锐索性不睡了，他盯着对面的人，看着他不时地翻动书页，心想我看你怎么伸出贼手？天色越来越暗了，窗外的风景模糊了，谁忘了关厕所的门，一股尿臊味像癞皮狗一样流窜过来，令人作呕。列车减速了，王锐知道它又要停靠到站台上了。看杂志的人把杂志扔在茶桌上，站起来伸了个懒腰，对王锐说："唉，坐得我昏头涨脑的，到车门口透口气去。"说着，他朝车门走去。王锐想他也许是趁下车人员拥挤的时候，寻找被偷的对象。王锐推醒那个彩民，小声对他说："兄弟，精神着点！你旁边坐着的那个人，可能是小偷！我刚才装睡，感觉他把手伸向了我的包！"王锐的话音刚落，列车就剧烈颤抖了一下，停下来了。那彩民睡得香，嘴角的涎水都流出来了。他懊恼地对王锐说："唉，我在梦里中了五百万，正在银行领钱时，让你给叫醒了！"王锐说:"梦又不是真的!我就不爱做美梦,我乐意做噩梦!"彩民打了一个哈欠,问:"为什么啊?"王锐很认真地说:"你想啊,你若是做了美梦,在梦中要啥有啥,醒来后却一无所有,难过不难过呀?可你要是做了噩梦呢,在梦里上刀山下火海地受苦受难,醒来后发现阳光照着你的屋子,没有那些可怕的东西,你感动不感动呢?"彩民嘿嘿笑了,说:"你应该当个哲学家。"在他们说笑的时候,列车又缓缓启动了。车厢里走了一些人,又上来一些新旅客。王锐发现对面的人没有回来,就对彩民说:"他知道自己露了马脚,可能溜了!"彩民说:"溜他妈的去吧!这世道也就这样子了,吃喝嫖赌、打砸抢的什么没有!"彩民发牢骚的时候唾沫星子四溅。这时乘警连同列车员查票来了,王锐提早把票拿了出来,先前不愉快的寻票经历还让他心有余悸。彩民也在找自己的车票。他将手伸向裤兜,王锐听见他惊叫了一声:"糟糕,我的钱包呢?!"王锐说:"你是不是放在别的兜里了?"彩民站了起来,急得像猴子一样抓耳挠腮。他把身上所有的兜翻了个遍,没有寻到,他就胡乱地拍打着身体的各个部位,叫着:"出来吧,出来吧!"好像钱包是个与他捉迷藏的小孩子,一吓唬就主动跑出来了。结果直到验票的人站在他们的座位旁,彩民也没找出票来。

列车员先是看过王锐的票，然后推醒老太太，说："大娘，看看你的票！"老太太展开胳膊，把手伸进套袖，取出一卷钱来，把它捻开，车票就夹在其中，她把票抽出来。王锐想这老人倒是精明，钱和车票都藏在套袖里，她又交叉着胳膊睡着，钱就跟落入了保险柜一样万无一失。当列车员请彩民出示车票时，已急得满头大汗的他咆哮道："我的钱包丢了！我的票夹在钱包里！"男乘警微笑着说："你们这套把戏我见得多了，少啰唆，补票吧！"这话同上次列车的乘警奚落王锐时如出一辙。彩民说："我有票！我的票在钱包里，钱包丢了！"王锐说："一定是那小子干的！他肯定溜到别的车厢了，我认得他，咱们逮他去！"王锐把看杂志的人在他装睡时要拿他的包的举动对乘警说了，并且指着茶桌上的杂志说："你看，这就是他看的书！"乘警这才将信将疑地跟着王锐和彩民挨个车厢地捉贼。他们花了半个小时从车头走到车尾，也没见那个贼的影子。王锐猜他早已中途下车了。没捉到贼，王锐和彩民悻悻回到原位。彩民说，他的钱包里有三百多块钱，还有四张总计二十注的彩票以及车票。他看了一下手表，十分沮丧地说现在正是开奖时刻，没准他会中了大奖呢，可他的彩票却是别人的了！这样一想，他就觉得丢的不是几百元钱、车票和彩票了，而是搬起来都会困难的五百万钞票！他如中了魔一样喋喋不休地说："今天我的彩票肯定中了大奖！天啊，我的五百万没了！天啊！"他愁肠百结、捶胸顿足，仿佛贼掏走的不是钱包，而是他的心。王锐见他如此失魂落魄，就劝慰了他几句，岂料他忽然站起来冲王锐叫道："都怪你，你知道他是个贼，为什么不提醒我一下？你只知道护着自己的包，你够人么？！"说着，抬手就给王锐一拳头，打在他右眼眶上。王锐疼得"哎哟"惨叫着，用双手捂着脸。这彩民仍不解恨，又往王锐肩头擂了几拳，声嘶力竭地说："你赔我五百万，你赔！"坐在王锐旁边的老太太早已吓得躲到过道里，她叫道："快喊人哪，要出人命了！"一个又矮又瘦的旅客叫来了乘警。乘警一奔过来就呵斥道："怎么的，没抓到贼，你们俩倒掐起来了！"彩民本想再给王锐几拳头，见乘警来了，他就把怒火转嫁到乘警身上，照着他的下巴就是一拳，骂道："你们这些吃屎的货！铁路养你们这些废物干什么！你们养得跟懒猫一样，看着那些老鼠一样的贼不管不问，白白让我丢了钱包，你赔我五百万！"乘警在猝不及防中挨了一拳，气得火冒三丈，他老鹰擒鸡般地把彩民拉到过道上，伸出腿狠踢了那人几脚。彩民"哎哟"叫着，但仍没忘了嘟囔他失去了五百万的事情。最后彩民被乘警给带走了。

彩民走了,先前围聚过来看热闹的旅客又都回到原位了。老太太坐回王锐身边,她撇了一下嘴对他说:"你让人把眼睛给打青了!看看你这八月十五过的!不是我说你啊,你干吗多管闲事?跟他提醒那一嘴干什么?怎么样,贼跑了,他拿你当替罪羊了!"王锐觉得眼眶火辣辣地疼,而且泪流不止。他真是悔恨极了!心想老太太说得确实对,他真不该跟那个疯子似的彩民进那一言。老太太又说:"我看你得让那人领你去看看眼睛,你自己是瞧不见,肿得可厉害呢,万一打坏了可怎么办?眼睛多金贵啊!"老太太这一唠叨,王锐就更加后怕,他想万一自己的眼睛被打瞎了怎么办?他可不想让林秀珊有个独眼丈夫。王锐使劲眨巴那只受伤的眼睛,让它飞快地转来转去,结果他并不觉得吃力和过分地疼痛,这让他略微心安。他想若是那彩民看他的眼珠这样转动,一定会以为是彩球在摇奖器里旋转,摘出他的眼珠也未可知。王锐捂住左眼,觑着右眼看周围的景物,结果他能看见邻座老太太手上的青色老年斑,能看清过道另一侧的男人跷着腿吸烟的情景。他又把头扭向车窗,结果他望见了原野上仿佛散发着奶油气息的微黄的月光,看来中秋的月亮已经悄然升起了。他知道自己的眼睛没受重伤,他为此庆幸不已。他从旅行包里掏出给林秀珊买的丝巾，看着丝巾上那一朵朵紫花，禁不住流下了眼泪。老太太见他落泪了，就惊叫着说："你是不是看不见这丝巾上的花了？你不能饶了那小子，让他领你就近下车，到医院查查去！"王锐想告诉她，正因为自己看得见丝巾上的花儿，他才流泪了。王锐平静了一番，起身到洗脸池去，他打算洗一把脸。然而拧开水龙头，却见滴水未出。慢车的水龙头常常是这样，在列车始发后的一两个小时内，它能咧着嘴淌出水流，而过了几个站后，它就像哑巴一样闭上嘴了。王锐站在那里，忽然觉得自己站着的是下三营子逐渐沙化的土地上，而水龙头管则是已经干涸了的地根河。他抬头照了照洗脸池上方的镜子，虽然它被水渍和灰尘弄得肮脏、模糊，他还是看见了自己的脸。他的右眼眶果然青着，且微微浮肿。他想要是下车后见到林秀珊，她问眼睛是怎么回事，他一定不能跟她说实情，就说是在工地被砖头扫了一下。一想这样说更糟糕，他再去工地时，林秀珊还不得整日为他提心吊胆啊。干脆就说今天上车的人多，自己不小心磕在车门上了。

　　列车停靠在让湖路的站台时，月亮已经升得很高了。王锐想要是月光有消肿除淤的功效就好了，让他的眼睛能立刻恢复如常。他觉得这副面貌与妻子团聚，有些扫兴。

王锐猜测林秀珊已经在他们常去的旅馆的地下室等他了,他就没有去毛纺厂的宿舍,直接去了旅馆。

王锐是这家旅馆的常客,老板娘认得他。老板娘四十多岁,非常胖,手上戴着三枚金戒指,一有空闲就"咔——咔——"地嗑瓜子,看人时爱觑着眼睛。有一回王锐在清晨时离开旅馆,老板娘哈欠连天地从登记室走出来对他说:"昨晚住在你们隔壁的人来退房,说是睡不着,你们把床弄得太响了!我就跟客人说,人家小夫妻十天半月的才在一起住一宿,能不多折腾一会儿么!"说得王锐和林秀珊的脸都火辣辣的,就像是做了什么错事似的。他们跟老板娘说以后一定注意着点,可是又怎么能注意得了呢,他们一旦拥抱在一起的时候就变得疯狂了,睡在他们隔壁的客人也就仍有闹着要调换房间的。所以老板娘每次见到王锐,总要笑着说他一句:"看着你挺瘦的,没想到力气倒是蛮大的嘛。"

王锐走进旅馆时,发现坐在登记室里的老板娘今天打扮得花枝招展的。她穿一件绿地粉花的丝绒褂子,一条宽松的黑裤子。她盘了头,脸上不惟涂了脂粉,还描眉涂唇了。她正和外号叫"小白梨"的女服务员嘀咕着什么。林秀珊对王锐说过,小白梨是老板娘养在旅馆的"鸡",她的身份是服务员,可干的都是妓女的勾当,王锐就很看不起小白梨。小白梨其实并不漂亮,但她身材好,肤色白,看人时总是笑眯眯的,所以看上去还比较可人。

老板娘见了王锐,满脸都是笑容。她说:"我猜今儿中秋,你们夫妻不会不来团圆的!"

王锐问:"我媳妇来没来?"

老板娘说:"没来呀!怎么,你没和她约好?没约好也没事,你先把房开了,回头再去找她!"

王锐说:"那我得看看她在不在让湖路,她要是不在这,我开房间干什么?"

老板娘笑着说:"你媳妇不在这也没啥,让小白梨陪你!"

王锐一边往外走一边说:"我从来不吃梨!"王锐听见了身后的老板娘和小白梨爆发出的笑声。

老板娘鄙夷地说:"一年到头只吃一种果子腻不腻呀?他不吃梨有人吃!"

小白梨说:"看他今天眼眶都青了,没准要吃野果子没得嘴,让人给打了!"

王锐忧心忡忡地朝毛纺厂走去。他不停地打量过往行人,生怕错过了林秀珊。待他走到传达室门口时,值班的人认出了他,说:"你媳妇回来了,不过又走了!"王锐有气无力地问:"去哪儿了?"值班的人说:"这我怎么知道!她出门时又没说去哪儿!你进去跟人打听打听去吧。"这回他没让王锐填会客单。

  王锐拖着已经发酸的腿走到林秀珊宿舍,疲惫不堪地敲响了宿舍的门。宿舍没有亮光,难道里面没人?王锐持续不断地敲着门,并且大声问:"秀珊,你在么?秀珊!"王锐听见室内有了脚步声,但是灯仍然没亮。吴美娟的声音隔着门传了过来:"王锐,真的是你么?"王锐说:"吴大姐,是我,你开开门,秀珊呢?"吴美娟说:"宿舍的人都看录像去了,对不起啊,我就不开门了。"她停顿了一下,接着说:"秀珊去哈尔滨找你去了!她在吃晚饭时从哈尔滨回来,我们告诉他你来找她,听说她去你那儿了,你就返回去了!秀珊一听说你回去了,她就又去哈尔滨了!你赶快再返回去吧!"吴美娟的话让王锐觉得身上一阵一阵地发凉,他觉得自己就像一个栽种了假种子的倒霉的农民一样,奔波劳累到最后却是两手空空。那一刻他辛酸极了。他知道吴美娟这是和丈夫在一起。吴美娟的丈夫在林甸的农村,他每次来探望妻子,都不舍得住旅馆。他会花上几块钱让宿舍的其他人去毛纺厂附近的一家录像厅看录像,一张票只有两块钱,等大家看完录像回来,他们也就做完事了。吴美娟会把丈夫安排到男宿舍，与人凑合一宿。林秀珊为此看过好几次录像。她有一次悄悄跟王锐说，录像厅里净放些三级片，看着让人作呕。王锐就说："你要是有一天学坏了，我就揍塌吴美娟男人的鼻子！"林秀珊咯咯笑着说："他就是个塌鼻子！不用你去揍了！"王锐想吴美娟现在正甜甜蜜蜜地和她的塌鼻子男人聚在一起，而他和林秀珊奔波了一天却仍然天各一方，就觉得自己仿佛受了谁的嘲弄似的，不由得潸然泪下。

王锐摇摇晃晃地走出毛纺厂大门。他没有去火车站，而是横穿马路，到了林秀珊常等他电话的电话亭。街上的车辆比白天时明显少了，人行道上也是偶尔才见一两个人走过。人们大约都在家中吃着香甜的月饼呢。王锐看了一眼那轮皎洁的月亮，就受伤般地低下了头。他想这月亮既不属于他，也不属于林秀珊。这轮月亮对今夜的他来讲就是一个漆黑的空洞。他觉得自己是那么的孤独无助。

王锐掏出电话卡，把它插进那个只露着一道缝的插口，下意识地拨了一下他工地附近的公用电话。半年以来的周五晚上，他都是在那里给林秀珊打电话的。上次林秀珊到哈尔滨看王锐，他们路过这个电话亭时，林秀珊还调皮地对王锐说："瞧，那不是咱家的电话吗！"这话险些使王锐落下辛酸的泪来。他想他作为一个男人实在太没本事了,他不能让妻子拥有一部自己的电话。他们的甜言蜜语不能在夜阑人静时悄悄地说,而必须在固定的时刻、在风中雨中雪中大声地说,这看似浪漫,可又是何等的辛酸和悲凉啊!

王锐握着被无数陌生人的手握过的发黏的听筒,听到的是一片嘟嘟的忙音。他猜那些回不去家的工友们正在这个团圆之夜给家里打电话呢。工友们的家大都在贫穷的农村,几乎没有谁家拥有电话。但他们所在的村屯却有个别安装了电话的地方。他们就打给人家,让他们去喊一下自己的亲人,然后放下听筒,估计亲人到了,再打过去。所以有的人是打到养牛专业户家的,有的人打到村长家,还有的人打到小学校或者是开食杂店的人家。工友们在归乡时,在旅行包里就会多备一份礼物,是送给帮助接听电话的人家的。下三营子也有几部电话,不过林秀珊选中的是金六婆家的。王锐很讨厌金六婆,可林秀珊却不。林秀珊说金六婆又不是人贩子,非要把哪家姑娘推进火坑里,她不过就是为人说媒,她做的也是生意。金六婆家离林秀珊的娘家很近,两三分钟就可走到,这也是林秀珊会把电话打给金六婆家的一个原因。他们每年大约要往回打四五个电话。他们总是在一起时往回打,夫妻俩会轮流跟家人说上几句话。林秀珊的母亲那时就会用飞快的语速说话，而她平时是慢声慢语的。不等他们把话说完，她就率先放下了电话，她是怕他们花钱。林秀珊回下三营子时，就要为金六婆买一件礼物。金六婆喜欢吃和穿，林秀珊给她买的，除了点心就是衣裳。金六婆每回接到电话，总是热情地去叫林秀珊的家人。王锐仍记着金六婆为他说媒所引起的风波，所以对她总是没什么好印象。觉得她好逸恶劳、油嘴滑舌，不是一个正经女人。所以他本想打个电话问问家人的情况，但一想到要打给金六婆，也就打消了这个念头。

王锐又拨了一遍工地附近的公用电话，结果听筒里传来的仍然是急促的忙音。他认定电话亭前站着的一定是自己的工友，他想问问他们，林秀珊去没去过工棚？她在等他，还是又踏上了归途？

月光照着马路，照着树，照着那个冷清得没有一个人候车的公交汽车站。王锐看着路面上杨树的影子，觉得它们就是一片静悄悄开放的花朵。一辆只载着几个乘客的公交车驶了过来，跟着一辆出租车也驶了过去。它们轧在路面的花朵上。王锐以为花会窒息，可当车过去后，路面上那花朵般的树影依然活泼生动，清晰可人。王锐想自己要是这影子中的一部分就好了，那样林秀珊就能天天从他身上走过。他愿意让她秀气的脚时时踩着自己。

王锐伤感着,忽然,他听见电话底气十足地叫了起来。在夜晚,这铃声就像寺庙的钟声一样清凉、悠扬。王锐接过电话,"喂——"了一声。只这一声"喂",林秀珊就听出了是丈夫的声音!王锐的声音,哪怕是一声轻轻的叹息,她都能准确无误地分辨出来。

"王锐,我知道是你!"林秀珊分外委屈地说:"我来找你两趟了,都扑空了!"

"我还不是一样?!"王锐的眼睛湿了,"我也来找你两趟了!我先前还以为你在旅馆等我呢,我去了,你不在;从旅馆出来我的腿都软了!"

"王锐——"林秀珊充满深情和疼爱地唤了一声丈夫。

"秀珊——"王锐也满怀怜爱和委屈地唤了一声妻子。

林秀珊说:"我刚刚给家里打完电话。咱们两家的老人都挺好的!妈把咱儿子抱过去了,他在电话中还和我说话了呢!"

王锐问:"咱儿子说了什么?"

林秀珊说:"他说想爸爸想妈妈。他问爸爸妈妈吃月饼了么?"

王锐说:"你怎么跟他说?"

"我告诉他,爸爸妈妈还没吃月饼呢,要等他一起吃!我跟他说他吃月饼时望着月亮,就会看到爸爸妈妈。你猜咱儿子怎么说?他说爸爸妈妈没有翅膀,怎么能飞进月亮里?还说月亮里都是光,住在那里多晃眼呀!"

王锐含着眼泪笑了,说:"他真聪明!将来肯定比他爸强!"说完,他才想起问妻子在哈尔滨的什么地方。

"就是你们工地旁边的电话亭——咱家的电话亭啊!"林秀珊说,"我猜你找不到我,可能会在电话亭等我,我就来这里打电话。刚开始打没人接,我就往咱老家打电话。等跟咱儿子说完话,再拨那个电话,你就接了!"林秀珊的声音颤抖了:"咱一家人在电话中团圆了,我知足了!"

"秀珊,是你在那儿等我呢,还是我在这等你回来?我想你!"王锐四顾无人,又大声补充一句:"我想把你抱在怀里,亲你!"

"我也想你!"林秀珊说,"我不在这儿等你了,明天一大早我还得给人做饭呢。你明天一早也得去工地,就别等我了,回来吧!"

"那我们今天就见不上面了?"王锐伤感地说。

"我们可以在错车的时候相见。"林秀珊说,"你坐十点四十的那趟慢车,我坐十点五十的慢车,我们的车肯定能在中途相会!我站在车窗前,一准能看见你,你也能看见我!"

"可是火车一晃就过去了!"王锐说,"我又拉不着你的手!"

林秀珊说:"我们乘的是慢车,慢车相会不会一晃就过去的,能看好几眼呢!"林秀珊还想说什么,电话突然间断了。王锐吓得手心都湿了,他想林秀珊是因为疲劳过度而晕倒了呢,还是碰上了抢劫犯或者是流氓?晚上十点左右的哈尔滨,即使是在繁华街道上,也是车稀人少了。王锐急得六神无主,脑袋嗡嗡直叫。但他很快醒过神来,连忙把电话打回哈尔滨的电话亭上。

"王锐——"林秀珊咯咯乐着:"我就知道你聪明,能把电话再打回来的!我的电话卡里的钱用光了!"

"吓死我了!"王锐说这话时,嘴唇仍有些颤抖。

林秀珊说:"王锐,你没见到我,可别像老胡那样啊。你忍一忍,下次见面,我好好侍候你!"

老胡三十八岁,是王锐的工友,老婆孩子都在虎林的乡下。工友们一年半载也见不上老婆一面,有的按捺不住就去找暗娼,有的怕花钱或者怕染上花柳病对不起老婆，夜深时就常有人偷偷自慰以解寂寞。兴许老胡年岁比别人大些，不懂得压抑自己在快感时的叫声，有两次他在夜深时放肆地叫喊，把大家都扰醒了。以后工友们一见到他就爱笑，逗他："老胡，你的嗓子可真亮堂啊！"老胡虽然五大三粗的，但他脸皮薄，从此后他就不与人说话，而且在工地干活时常常出错。终于有一天他砌歪了一面间壁墙，早就看他不顺眼的工头勃然大怒，把他给解雇了。老胡只得卷着行李回家了。王锐记得他当时跟林秀珊讲老胡的故事时，林秀珊哭了。她紧紧地抱住王锐，说："我会常看你去，你可不许学老胡，让人耻笑！"

王锐想起老胡，心里疼痛了一下，他说："我不会像老胡似的！能听见你的声音我就知足了！"

听筒里传来的是林秀珊的笑声。她的笑声跟少女时一样的温存甜美。林秀珊说："王锐，我给你买了一样东西，你猜是啥？"

王锐不假思索地说："是腌肉。"王锐爱吃让湖路夜市老葛家做的腌肉，他以为妻子给他买的一定是它。

"你就认得肉！"林秀珊嗔怪地笑了，"一会儿我在火车上举着它，你就知道它是啥了！"

"我老想着你，当然要往肉上猜了！"王锐说。

林秀珊说："你没娶我时，就不会往肉上想了！"

王锐笑了,他说:"我也给你买了一条丝巾,你猜猜它是啥?"

林秀珊笑得更加响亮了,她气喘吁吁地说:"你都告诉我是丝巾了,还让我猜什么呀?!我看你是坐火车坐糊涂了!"

王锐说:"咳,我真是糊涂了。没老就糊涂了,你还不得把我给蹬了呀?"王锐边说边看着电话机上的IC卡的通话余额显示,他发现只剩下四毛钱了,他们只够再说一分钟的了,他大声地说:"秀珊,我的卡里也没钱了,一会儿电话自动断了,你可别为我担心啊!"

林秀珊说:"我知道。"

王锐很想在最后的一分钟里说些重要的话,可他大脑里一片空白,什么也想不起来。而林秀珊也如他一样沉默着。王锐能听见工地传来的隐隐的搅拌机工作的声音,而林秀珊听见的则是一辆汽车疾驰而过的"刷刷"的声音,就像风声一样。他们的通话就在这两种声音的交融中自动断掉了。

林秀珊和王锐各自踏上了一天中最后的归途。他们几乎是在同一时间到达了火车站。林秀珊买过票,通过检票口的时候,发现候车的人少得可怜。大多的列车到了午夜时分就像牲口棚里的牲口一样歇息了，偶尔经过的几列慢车，就像几匹吃着夜草的马一样，仍然勤恳地睁着它温和的眼睛。林秀珊在通过地道的时候，觉得自己在瞬间与中秋的气氛隔绝了；而当她走出地道，又能望见月亮的时候，她才觉得节日又像个撒娇的孩子似的滚到她的怀抱。

车厢里空空荡荡的。林秀珊见到处都是空座，她就选择了靠近窗口的座位。她要透过窗口和王锐相会。她不知道是三人座这侧的窗口能与列车相会，还是两人座那一侧的，所以列车启动后，她就一直透过车窗看双轨线上另外的铁轨在哪一方，她确定了是在两人座那一侧的，于是就安心地坐了下来。她估计与王锐的相会，大约要在一小时之后。林秀珊打开旅行包，抚摩着那只没有派上用场的闹钟，就像怀抱着一只顽皮的小兔子一样，满怀爱心地对它说："你好好睡吧，明早不用你叫了，给你省省嗓子。"她又拈起那条床单，深深地嗅了一下，那上面残存着的王锐身体的气味使她的内心充满了温情，她对床单说："你身上有我男人的味儿我不计较，要是别人身上有他的味儿，我就撕烂它！"林秀珊又轻轻取出口琴，从口琴中坠下几滴水来，凉凉的，看来她先前在列车上冲洗口琴时，没有把它擦拭干净。她想起了犯人的那张脸，想起了那与众不同的琴声，情不自禁地微微叹息了一声。她想犯人早就该到目的地了，当他戴着手铐走下列车时，他会想起这把口琴么？

当林秀珊选择好了相会的座位时，王锐也在忐忑不安中找好了座位。王锐到了火车站才发现自己只剩下十二块钱，根本不够买返程车票的了。他只得买了张站台票混上车。他没料到今天要乘四次火车，没带多余的钱。

王锐所乘的列车是由图里河方向驶来的，它走了十几个小时的路了，因而看上去尘垢满面。车厢的过道上遗弃着果皮、烟蒂、花生壳等东西，茶桌上更是堆满了空啤酒瓶、鸡骨头、瓜子皮、肮脏的纸巾、糖纸等杂物。车厢的座位空了多半，大多的旅客都睡着。王锐想在这样的环境中逃票会很容易。只要他远远看见乘警来查票了，就一纵身钻进三人坐席下面，反正大家素不相识，没什么不好意思的。从列车的肮脏程度他能判断出，列车员至少有几个小时没来打扫了，他们也许正聚在餐车里喝酒赏月呢。如果真是这样的话，乘警也不会出来查票的。

王锐选择的座位，它旁边的窗口相对明亮些。不过王锐还是怕看林秀珊时会不真切，他就用袖子当抹布，把它蹭了又蹭。他周围的座都空着，只有过道的另一侧，有一个妇女和一个孩子。妇女垂头织着毛衣，边织边打哈欠，而那个六七岁模样的男孩，则举着一支玩具枪，一会儿对着窗口比画一下，一会儿又对着车厢入口处悬挂着的列车时刻表比画一下，口中发出"叭——叭——"的声响，模拟着子弹飞溅的声音。他玩一会儿，就要跑回来央求织毛衣的妇女："妈妈，给我一颗子弹吧！"织毛衣的妇女就会说："不行！没看这里的人都在睡觉么？要是把谁给打醒了可怎么办？"男孩说："我不打人，我打空座！"妇女说："不行！你看谁像你，半夜三更的不睡觉，还在这淘气？"

列车行进了大约一小时二十分钟后，王锐站了起来。他估计和林秀珊相会的时刻快到了。果然，十几分钟后，他发现对面有列车驶来。他紧张地盯着那一节一节划过来的列车。在夜晚，列车看上去就像首尾相接的荧光棒，把夜照亮了。王锐发现对面的列车与他所乘坐的列车一样空空荡荡，这两列车就像两个流浪的孤儿一样在深夜中相会。王锐终于发现有一个窗口前站着一个人，他一眼就认出那是林秀珊！她笑吟吟地举着一样东西，看上去像截甘蔗。她近在咫尺，却又遥不可及！王锐真想号啕大哭一场！突然，他觉得背后被什么东西猛地击中了，他不由自主地栽歪了身子，回头一望，只见那个男孩举着玩具枪带着得胜的神色笑望着他。原来他妈妈耐不住他的央求，给了他一颗橡皮子弹。他毫不犹豫地把它射在那像靶子一样立在窗口前的王锐的后背上。

　　林秀珊只望了一眼王锐，就发现他栽歪了身子。她不知他是累得突然昏倒了，还是出了其他的事。她想看个究竟，可是王锐所停靠的窗口离她越来越远了，她什么也看不见了。而王锐在懊恼中站直身子再眺望窗外时，林秀珊所乘的列车已经像一条蛇一样地溜掉了。他不明白慢车为什么会消失得如此之快？最后他终于悟出了，他不该把慢车当成窗外的风景，因为风景是固定的，而慢车是运行着的。两列反方向运行的慢车在交错时，慢车在那个瞬间就变成了快车。他们在相会的那一时刻，等于在瞬间乘坐了快车。

　　月亮就像在天上运行着的独行的列车，它驶到中天了。不知这列车里都装着些什么，是嫦娥、吴刚和桂花树么？这列车永远起始于黑夜，而它的终点，也永远都是黎明！

2003 年

日落碗窑

关小明这一段与相处融洽的冰溜儿屡屡失和。已经有三天冰溜儿在清晨时静静出走，夜深时才悄悄回它的窝为主人守夜。这种僵局的出现缘自盛夏那场大明马戏团的演出。

那是个艳阳当空的礼拜天。上午时关小明和其他男孩子一样在田间拼命干活，以博得大人们的欢心，下午好去城里看马戏。结果他们如愿以偿。八个伙伴在午饭后揣着钱，抄着田野的小路，兴高采烈地朝城里奔。中途他们渴极了的时候，还跑到一家萝卜地里，拔了几个水灵灵的青萝卜来吃，然后互相嘻哈打趣着说这不算偷，谁要报告给班主任谁就是孙子。天上的乌鸦因为在一片绿色中发现了几团鲜红的东西，以为是意外的肉食盛宴摆在面前，待它们追随过来低空徘徊时,发现那是几个光着脊的被阳光晒红了的孩子,是新鲜的活物,于是它们分外败兴地大呼上当,将那粗哑的叫声抛洒在一望无际的碧绿的田野里。关小明和伙伴们不由振臂冲乌鸦喊:

"乌鸦乌鸦,偷麦谷吃;麦谷不熟,吃了拉稀,一拉拉进磨眼里,二大娘摊出的煎饼臭烘烘。"

二大娘是谁,他们也不知道,看来只有二大娘自己知道了。反正歌谣里是这么唱的。

他们赶到城里后,票已经卖光了。一行人急得抓耳挠腮。后来还是票贩子解了他们燃眉之急,以两倍的票价圆了他们的梦。净赚了几个毛头小孩的钱,票贩子还嫌不过瘾,将票递给他们时又厚颜无耻地说:"再叫一声爷爷,否则还加一倍的钱。"

几个孩子为了看马戏,齐声叫了"爷爷",其实在叫的时候心里都在反复骂道:"这龟孙!"他们一进剧场,才发现座位在最后一排,离着舞台无限遥远,更加觉得那一声"爷爷"叫得冤枉。中间满是攒动的人头,卖冰棍的挎着白箱子在过道窜来窜去,他们口渴难耐,可是再也没有多余的钱来解渴了。谁家的孩子被人给踩了脚,哇哇地哭起来。一些人的汗脚味使空气臭烘烘的,好像威力无比的马王爷放了个响屁后扬长而去。

开场铃声终于响了，紫红色的金丝绒大幕徐徐拉开，一个穿黄绸子衣的女演员出场报幕，说第一个节目是《走钢丝》。舞台灯光刹那间亮起来，灿烂得让人觉得伏天的太阳掉在那里了，一个穿蓝绸衣裤、着黑马夹的男人开始在钢丝上伸开双臂行走。那钢丝悬在半空，演员走得有板有眼、从容不迫，让人觉得他那双脚被施了魔法，看得关小明手心直出汗，怕那人不慎跌下来。等那人安然无恙走完钢丝时，关小明不由说："这功夫真深！"

接着是狗接顶碗的节目。一个十岁的男孩脑袋上顶着一摞碗，领着一条漂亮的黄狗出来了。孩子不时地顶着碗行走，然后将碗一只只地抛向小狗，小狗准确无误地用嘴一一接住，把它们送到一个漂亮的女孩手中，女孩将碗再一只只地抛向男孩，男孩用头丝丝入扣地接住，使它们仍然能严密地摞到一起，直看得关小明目瞪口呆，觉得那狗一定是长着人的脑子，聪明得令人自叹不如。接下来又是小狗钻火圈的节目，那狗能精神抖擞地连续穿过三个熊熊燃烧的火圈而不烧着一根毛，然后跳上一个高台抱起两只前爪做出答谢的姿态，赢得满堂喝彩。虽然距舞台很远，但因为他们是敛声屏气在看，又由于他们眼力过人，所以仍然能看得一清二楚、兴趣盎然。接下来还有猴子吸烟、投篮和扭秧歌的节目。但是猴子没有像狗那样给关小明留下深刻印象。因为大人们都说人是由猴子变来的，想必猴子的智商在动物中应该是上乘的，它能表演几个节目又有什么大惊小怪呢。让人尊敬的倒是那条小狗，关小明以往认为狗只是个看家的伙伴，那台演出结束后他不那么认为了。冰溜儿的厄运也就是从那一天降临的。

冰溜儿的母亲是条热爱生育的母狗。几乎年年都要孕育出几双儿女，直到它衰老得丧失了生殖能力，才老眼昏花地不再出去四处撩情。冰溜儿是它第三次生育时三个子女中的一个，是其中唯一的一条公狗。关小明的家人认为冰溜儿的母亲水性杨花，怕它的女儿个个随它，总要不停地为它的生育而操心，所以抱回了这条公狗。关小明当时正站在春寒料峭的风中用舌头舔屋檐下的冰溜儿，见到一条可爱的小狗被抱进家门，便给它取名"冰溜儿"。

冰溜儿那时才断奶不久，它来后足足叫了三天三夜才算是认了命，俯首帖耳地舔米汤喝。晚上关小明睡觉时爱把它放进被窝里。在炕头另一侧睡的爷爷总是说关小明："你不怕狗咬掉你的小鸡？"

关小明想，冰溜儿又不是母狗，它凭什么恨我的小鸡？所以仍然把冰溜儿往被窝里带，他起夜时冰溜儿也跟着下地，他清晨上学时冰溜儿总是舍不得地跟到门口狺狺地叫，可是关小明是不敢把它带进教室的。

冰溜儿长到一岁时已经出落得一表人才。矫健俊美，毛色油光。关家人都说狗是来守夜的，不能太娇惯了，于是在院子的窗前搭了一个窝，让它独立去生活。刚离开关小明被窝的那两天，它跟初来关家时一样闹了几天，晚上用爪子挠门想进去，心疼得关小明夜不能寐。然而这种强制性的拒绝出现几天后，冰溜儿就随遇而安了，而且它的雄性气质也一天天成熟起来，成为最机警的守夜神，连左邻右舍的事都管着。去年深秋的晚上，邻居张爱武家的鸡遭到了黄鼠狼的袭击，是冰溜儿狂叫着跃过一米多高的栅子垛，用爪子挠开张爱武的家门的。主人出来后只听得鸡鸣凄惨，便晓得黄鼠狼来作孽了，于是操起棍子来到鸡窝，赶走了不可一世的黄鼠狼，救下了其余未被咬着的鸡。如若冰溜儿不及时报警，一窝鸡都将徒然送命。从此后冰溜儿的侠义为人称道，邻居家总是把吃剩的骨头送给它来犒劳。冰溜儿也够虚荣的，当人家把骨头扔给它时它故作深沉地不闻不碰，别人都夸这狗还不贪食。可是等人家转身离去后，它便迫不及待地将骨头叼回窝里，埋头啃咬起来，其间还伴着涎水的流出和心满意足的"哼哼"声。这种把体面留给别人而把贪婪留给自己的做法令关小明开心不已，反正在别人面前是个有骨气的就好。

关小明看完大明马戏团演出回家的那个傍晚，便把冰溜儿悄悄领出家院。他把它带到学校的操场上，抱着它的头说："现在我要和你联合起来，我要成为最好的马戏演员，你要成为最出色的狗！"

冰溜儿温情地看着小主人，似懂非懂地呜呜叫着，然后用舌头一心一意地舔关小明的手心，表达它对他的亲密情谊。

"我们俩练出真本事后，就可以离开这个地方，我们也进城里，哪里都去，住高楼，坐小汽车，天天啃猪蹄，夜里你就不用睡在草地，而是睡在缎子被里！"

冰溜儿对于小主人所描述的锦绣前程并未充分领会，所以它很快就撒欢去了。关小明远远地对冰溜儿说："咱们好好干，将来还能把爸爸妈妈和爷爷都带进城里去，让他们享清福，天天在家包饺子吃。"

原来自由自在的冰溜儿的脖颈上先是多了一个黑皮项圈，然后一条长长的铁链子由此坠了下来。关小明这是为了训练而着想的。他牵着冰溜儿，让它一遍遍地朝桦子垛上跳。开始时冰溜儿觉得有趣，积极配合，然而站上桦子垛后觉得并没什么风光的，所以很快就跳下来，不解地咬着小主人的裤脚叫。关小明不厌其烦地苦练顶碗的绝活，先是把仓房里虽然补好却仍然漏水的破碗放在头上顶，在院子里由东向西、由北向南地走来走去。往往没走上几个来回那碗就像熟极了的柿子坠下来，破碗就碎得更破了，彻底地无法修复了。没了破碗，关小明就偷着顶好碗。有一次正顶着稍微入道的时候，父亲赶着牛车从草甸子拉草回来，看到儿子竟然敢把新碗放在头顶，不由怒火中烧："你是反了天了！"

结果关小明一惊，那碗吓掉魂般地坠到地上四分五裂，新鲜乳白的瓷碴在阳光下熠熠闪光。冰溜儿连忙卧到那片碎碗碴上，想为小主人掩盖罪行，然而这只能是欲盖弥彰，不仅关小明挨了打，冰溜儿也受到连累，它的身上挨了好几鞭子。关小明的爷爷闻声从昏暗的后屋颤颤巍巍地出来，骂他的儿子："碎个碗你就沉不住气了，你小时候还砸过两口水缸呢，我那时是不是应该剁掉你的手？"

关小明的父亲关全和受到老父亲的数落后只能由着关小明去胡闹。柜里摞着的碗越来越矮，门外垃圾堆上的碎碗碴却越来越多。邻居们都说关小明看马戏落下毛病了，异想天开要领着冰溜儿顶着碗去走世界。

关小明是家中的老小。两个姐姐都结了婚。他和俩姐姐之所以相差十几岁，并非由于关全和的女人在那十几年间懒于生养,而是因为他娶了两个女人的缘故。那两个姐姐跟他是同父异母。那异母死于意外事故,冬天时去地窖取白菜,事先没有打开窖口通好风,结果被一氧化碳的气体给摄走了魂儿。关小明的生身母亲吴云华比关全和足足小十一岁,她因为小儿麻痹而有些跛脚,但是格外俊秀贤惠,孝敬公公,体恤丈夫,与邻里相处融洽。只是因为关全和的前妻死于地窖,她不敢下地窖,也不敢走夜路,老觉得那个女人的魂还在关家徘徊。

碗一只只地破碎使吴云华心疼不已。而公公发了话,他们谁也不敢再说关小明一句。当有一天的黄昏关家守着一锅粥却因为碗不够使而终于犯了愁的时候,老爷子这才无可奈何地对孙子说:"小明,你见那马戏团里耍把式的人顶的是真碗?"

"那还能有假的?"关小明说。

"我看是假的。"老爷子挤了一下眼角说,"你想想看,一摞真的碗顶在头上有多沉,顶得动吗?"

"就是真碗。"关小明申辩道。

"怕是用硬纸盒糊的吧?"吴云华小心翼翼地说,"那纸糊的碗轻便,又不怕碎。"

"真碗就是真碗。"关小明几乎要哭了。

跟关小明一样悲伤的还有冰溜儿。连日来它受够了折磨，它无法接住关小明扔过来的任何一只碗，累得它屁滚尿流，精神萎靡。为了逃避关小明的纠缠，冰溜儿已经有三天的清晨时静静出走，夜深时才回到主人家来守夜，让关小明抓不到它的影儿。尽管关小明给它系了铁链子，但他只是训练时用，平素若把它拴起来，他会觉得与冰溜儿已形同陌路。然而冰溜儿的三天出走使他动了要禁锢它的念头，尽管他还拿不准主意。

关小明做梦也没有想到，他的荒唐举动不仅连累了冰溜儿，也连累了爷爷。风烛残年的爷爷竟然走出家门，出现在南坡已经废弃多年的窑场里。

语文老师让关小明在黑板上默写生字。写"洞"字，关小明飞快地先写个"同"，就在座位上的同学喊喊喳喳地嘀咕不休的时候，他又在左侧点上雄浑的三点水，使"洞"字完美无缺。写"悲"字，关小明又是先写个扁扁的"心"字，然后再在上面添上个同样扁扁的"非"字，使"悲"字终于有了几分悲意。老师一共考了他十二个字，除了"骇"字他不会写外，其他十一个字都很正确，只是这十一个字的笔顺没一个是正确的。不是由左至右、由上而下的笔法，而是由右到左，从下至上。语文老师说："关小明，你已经上四年级了，怎么连写字的顺序还没弄懂？你一直都是这么写字的吗？"

"一直都是。"关小明颇为自负地说。

"可是我怎么没发现过？"语文老师用一种受到愚弄的屈辱的腔调问。

"因为你从来就没有让我到黑板上来默写。"关小明振振有词地说，"我交的作业本你又看不出笔画顺序，反正我的字是写对了，管它是怎么写成的呢。"

同学们哄堂大笑，有人还趁火打劫地吹起了口哨。

"我想你以前不是这样写字的。"语文老师说，"自从你看完马戏团的演出后，你就鬼迷心窍了，各科成绩都在下降，而且连你家的狗和爷爷也遭到连累。"

老师在公众场合如此信口开河使关小明气愤不已。当大家听到关小明家的狗和爷爷被相提并论时，那种快乐的笑声简直就疾如暴雨了。关小明只觉得脸颊一阵阵发烧，他想指责老师的鼠目寸光，可他觉得这样显示不出他男子汉的威力，于是他热血沸腾地离开座位，出其不意地走到老师面前，在突然寂静下来的气氛中拖长了声音说："我——×——"然后就大摇大摆地离开了。他离开时同学们见他的裤脚裂了一条两寸多长的口子，那是冰溜儿拒绝合作气急败坏时所为的。

关小明没有回家，他径直朝南坡的窑场走去，爷爷在那里大约有一周的时光了。每天凌晨，爷爷就带着咸菜、干粮、水壶和黄烟从家里出去，直到日影斜斜的傍晚才蹒跚着回来。南坡的窑场已经有好多年不用了，以前人们常常在那脱坯烧砖。爷爷之所以去窑场，是因为打定主意要为关小明烧泥碗。既然砖能烧得出来，碗也一定会脱胎而出。烧出一窑泥碗，就够关小明顶上个一两年的了。泥碗碎了又不值得心疼，家里吃饭的碗就保住了。

爷爷年轻时是烧窑能手，经他手烧出的砖坚固耐用，表面均匀，色泽暗红。许多人家的房屋都是用他烧出的砖盖起来的。南坡一带土质黏性大，多为黄土，不大适合耕种，是理想的选取脱坯材料的场所。

天有些阴，恐怕是有雨的样子。燕子低飞着。关小明远远就看见爷爷佝偻着背在清理窑场。他选择了向西的一孔窑，在三孔窑中只有它塌陷得不厉害。其他的两孔窑上生满杂草。爷爷的脑袋基本已经秃了，只有齐着耳鬓的那一圈还环生着一些白发，很像是干干净净的圆太阳散发出的一丝金光。窑场废弃以后几乎成了埋死孩子的特定场所，那些未经出世即因流产而死的和长到三四岁便生病夭折的小孩子都被埋在这里。埋小孩子跟埋猫狗是一样的，挖个坑，只管把要埋的丢进去，然后将坑用土填平，用脚上去踩实，让小孩子的魂儿不再回来闹人。只是埋孩子和埋猫狗的悲伤程度不同，前者悲痛欲绝、哀不能持，后者则只是隐隐地伤心。一些常常在深夜路过窑场的人都说，走到那里会觉得头皮发麻，能听见怪异的声音，并且能看见又白又亮的光点一跳一跳的。人们都说小孩子太小，死后还不成人，永远都是鬼，所以那魂儿就终日东游西荡着。

关小明因为听了太多有关窑场的鬼怪故事，所以朝这里走来时心情有些异样。好在爷爷在，四周又是开阔的田野，那种紧张感也就减轻了许多。

"你怎么这么早就下学了？"爷爷永远都管"放学"叫"下学"。

"我不想再去学校了。"关小明一屁股坐在一堆碎砖上，"没意思。"

"老师把你给开除了？"爷爷紧张地问。

"还没有。"关小明叹口气说，"不过也快了。"

"你惹了什么祸？"

"我在黑板上写字时没按笔画顺序。"关小明说，"我从上一年级时就这样写字，没人发现过，现在大家都知道了，老师认为我故意气他。"

"那你把字给写错了？"爷爷担忧地问。

"没有。"关小明笑了，"除了一个字不会写外，其他的都写对了，就是笔顺不对。"

"笔顺是怎么回事？"爷爷不解地问。

"比方是人早晨起来穿衣服。"关小明尽量通俗易懂地解释道，"一般来说都先穿上衣，后穿裤子，最后再穿袜子。可我喜欢先穿袜子，再穿裤子，最后穿上衣。"

"管他怎么穿，没露腚就行。"爷爷恍然大悟地偏袒着孙子说，"你们那老师也真死心眼，是哪一个？"

"就是王张罗。"关小明说。

"唉，是他哇。"爷爷的口气软了，"你别惹他生气啊，他四十岁了还没个儿女，这窑场埋着他两个死孩子呢。"

"他老婆的肚子又圆了。"关小明说，"那天在豆腐房里我都看见了，别人问她啥时候生，她说秋天。"

"你怎么知道人家肚子里装着孩子？"爷爷打趣他。

"反正不能装着狗。"关小明说。

"老天爷可怜他，让他家保住一个孩子吧。"爷爷吐了一口痰，然后放下铁锹摸旱烟来抽。

关小明本想告诉爷爷，老师把他和狗在一块来提，又怕爷爷生气以后痰多，也就闭口不说了。

凉爽的风尽情地吹过来，四周的绿色在风中跳跃着，快活地打着滚儿。那绿色就显得波澜起伏。燕子仍然低低地疾飞着，云彩开始发乌，好像是被人给打青了脸，满腹的委屈，不多时就呜呜地哭起来。雨在转眼之间就像脱缰的野马奔泻而下，关小明连忙和爷爷钻进窑里。

窑里又暗又潮，一股呛鼻子的霉味使关小明剧烈咳嗽起来。他们听着激烈的雨声，盼望着晴朗早些回头。爷爷盼晴想到的是活计，关小明盼晴则是要摆脱恐惧。他不知道那些死孩子是否被埋在窑里，那股难闻的气味使他有些恶心。他有点后悔不该来窑场，在窑里避雨大概同人死后入土没什么两样了。暗暗的天光透过窑孔送进来虚弱单薄的光，关小明瑟瑟发抖，不由得钻进爷爷年迈的怀里。他闻到了又香又浓的旱烟味，爷爷抚了抚他的头说："泥碗会比瓷碗好得多，冰溜儿也会喜欢泥碗的。"

"我会练出真功夫么？"关小明殷切地问。

"你想要练就练。"爷爷简短地说，"练成了就成了，练不成也就不成了。"

"那你真的能烧出泥碗吗？"关小明说，"大家背地里都说你只能烧砖，不会烧碗。大家说这是砖窑，不是碗窑，碗一进窑就不灵了。"

"我就能让它变成碗窑。"爷爷说。

冰溜儿大约看到小主人明显消瘦了，所以它在出走第十一次之后不再折磨他了。但看得出，它的这种妥协并非发自内心深处。关小明带领它在院子里训练时仍然能感觉到它浓浓的抵触情绪，不是用铁链子故意把脚缠起来举步维艰，就是在欲跳跃时腿打着哆嗦，做出力不从心的样子。

语文老师王张罗一踏进关家的院子，冰溜儿就飞速地跑到后屋给正在削一个木头楔的关小明报警。冰溜儿哈哧哈哧地喘粗气，然后蹿到后窗台上，示意关小明由此逃脱，关小明便明白老师是进了院子了，正面溜走会撞个正着。冰溜儿认得他所有的老师，有一次班主任家访后告了关小明的状，父亲趁爷爷那会儿不在屋将他暴打了一顿，冰溜儿便对那些手上散发着粉笔味的老师恨之入骨，只要他们一来，它就机警地前来报信。

关小明没有逃跑。因为父亲去田里劳作了，爷爷在窑场为烧碗而努力着，家里只有母亲、冰溜儿和他。谅母亲一个人的能力很难体罚他。

母亲正在炕头裹着块蓝头巾翻新棉裤。所谓翻新不过是将里子卸下来洗洗，若是短了再接块布，然后将膝盖和屁股那棉花已经不匀的地方再絮上一些新棉花，用那比麦粒还要匀称的针码将棉裤再绗好。一到晚夏时节，母亲就开始这样为冬天的事而忙碌了。

关小明示意冰溜儿不要出声,然后他将耳朵贴在墙壁上,倾听着前屋的声音。

"关嫂,绗棉裤哪?"王张罗的声音。

"是王老师,快屋里坐。"一阵窸窣之后,母亲大约是下了炕,"我也不知道你来,看看我这一身的棉絮。"

"挺好挺好。"王张罗说,"这棉絮上了身不难看。"

"挺好个屁。"关小明在心里骂道,"我妈又不是给你看的。"

母亲大约是去沏茶了。关小明听得瓷杯一阵脆响。冰溜儿对这种声音不大熟悉,它竖着耳朵,不解地看着关小明。

"是瓷杯。"关小明小声对冰溜儿说,"妈妈要给他沏茶了。"

又停顿了好一会,王张罗开始讲话。他说关小明这一段学习成绩下降,脾气也变坏了,连着旷了好几个下午的课了。

"小明说这几天学校下午放假。"母亲颇为吃惊地说。

"他是为了在家领着狗顶碗找的借口。"王张罗说,"他就是上午来也不用心听讲,眼睛老是往窗外看。你说窗外能有什么,都是天天看惯了的东西,可他就是要看。"

"小明又让你们费心了。"母亲的声调带着一种乞求的意味,"你就放心地管他好了,就是打他我们也不心疼。"

"凭什么他打我?"关小明悄声对冰溜儿说,"我又没吃他家的一粒粮食。"

"我怎么敢打他?"王张罗委屈地说,"他不骂我就行了。"

"他还敢骂老师?"母亲大惊失色地叫道。

"还是当着全班人骂的呢。"王张罗颇为辛酸地说。

"那是因为什么?"母亲紧张得张口结舌。

"我让他到黑板默写生字,他成心气我,不按笔画顺序写。写'海鸥'的'鸥'字先写'鸟'字,然后再添上个'区'字;写'悲'字,先写'心',然后再在上面加个'非'字。你说这海鸥倒也真是一种鸟,可是不能先写'鸟'吧?人一悲伤是从心里先涌上来的,可是不能就把'心'字先强调出来。牛马走路还有个辙印呢,何况是写字,怎么能信马由缰呢?我狠狠地在班上批评了他,结果他一拍屁股就走了,一点也不把老师放在眼里。走前还当着全班同学的面骂了我一句。"

"他骂什么了?"

"我——×——"关小明轻轻地学给冰溜儿听,

"我就是这么骂他的。"冰溜儿一耸身子摇摇尾巴,对这种骂法现出无限欣赏的温柔神态。

"太难听了,我不想学。"王张罗说。

"你一定得学学。"母亲说,"不然我不知道这孩子坏到什么程度了。"

"我——×——"王张罗说。

"他敢这么骂老师?"

"就是这么骂的。"王张罗说,"学生们都笑,你说让我这脸往哪搁,本来我就觉得没脸,家里的孩子生一个死一个。"

"恐怕这个能保住吧。"母亲劝慰道,"第三个孩子肯定是个命大的。我看她显怀的样子,恐怕挺不过冬天了吧?"

"谁知道呢。"王张罗泄气地说,"她老是这样,怀着孩子时什么差错也没有,临到最后的时候就出问题。她一怀孕我就紧张,上窑场埋死孩子的滋味你们是想象不出来的。"

"不会总这样的,你要有信心。"母亲温存地鼓励道,"快到生的时候别让她干重活,别沾凉水,尤其是别跌跤,她耍脾气你就由她去。"

"她这个人怪着呢。"王张罗苦不堪言地说,"平时懒得连碗都不洗,一怀了孕就显着她了,没有她不想干的活,没有她不想去的地方。我得上班,又不能天天看着她。"

"这也真够你操心的了。"母亲轻轻地同情地叹息一声。

"云华,你说这日子这么过有个啥意思?"王张罗嗫嚅着说,"当初我是鬼迷心窍了……"

王张罗叫着母亲的小名,诉起了满腔积怨,这使关小明觉得自己已经逃出罗网,只是王张罗这么叫着母亲的小名让他有些愤愤不平。

王张罗当光棍的时候,正是关全和鳏居之后动了再娶的念头之时。王张罗年轻时得过肺病,弱不禁风,终日面颊青黄,三天两头就往卫生所里跑。据说他一见了药两眼放光,觉得生命有了依托,而且他也热衷于搜集各式各样的小药瓶。幸亏他肚子里装着些墨水,能教书挣口饭吃,否则像其他人一样凭力气吃饭他怕要常常面临断炊的局面。关全和和王张罗当时都有着两个选择,一个是美丽跛脚的吴云华,一个是同样美丽只是稍有痴呆的刘玉香。吴云华比刘玉香大一岁,属马。王张罗比关全和占据着些微优势,虽然体力不支,但他年轻,有工作,算是个读书人。而关全和年纪大,有两个待嫁的女儿,所以他觉得自己娶哪一个都算是福气。结果王张罗经过深思熟虑后还是将刘玉香迎进了家门，他认为女人不需要用脑子，只要腿脚利索能吃苦耐劳就行。结果婚后半年他才明白自己吞下了一枚苦果。刘玉香不事家务，做饭的本事不强，而食欲却跟牛犊一样健旺，她常把家里搞得一团糟，女红的事一样也做不来。所以王张罗的衣裤仍然得求人去做，除了夜晚能求欢之外，王张罗觉得他和打光棍没什么区别，甚至更糟。而刘玉香对床上的事永远都是一知半解的，虽然说她已经怀过两个孩子，常常是王张罗兴致勃勃地求欢，而刘玉香却不为所动地沉醉于梦乡，令他叹息不已。他这才明白一个女人是需要有脑子的，有脑子的女人可以井井有条地操持家务，可以尽心尽意地伺候一家老少，可以感知对方温存眼神的暗示。他暗自悔恨自己没有选择吴云华，原以为跛脚的人会使家里乱得不可收拾，没想到腿脚好的女人却像野马一样四处跑。所以王张罗一看见关小明就想起自己的婚事，那种彻头彻尾的失败感令他悲从中来，所以那天他当众批评了关小明，当然也得到了关小明的致命还击："我——×——"其实他内心觉得关小明骂得好，他这个人才是真正的没脑子，该不折不扣地被人骂一顿。王张罗来找吴云华，其实是为了看看吴云华，他知道关全和在地里劳作，老爷子在窑场异想天开地烧碗，所以就打着关小明的旗号来了。当他喝着清香的茶,看着屋子里利利索索的陈设,望着吴云华身上落着的那层薄薄的棉絮,更加认定自己是个不折不扣的傻瓜。

当王张罗满怀忧伤地离去后,关小明带着冰溜儿终于出现在前屋。

"我听见他向你告状了。"关小明变被动为主动地说。

"你怎么能骂老师呢?"吴云华愠怒地说,"若是你爸爸在家听见,不抽你一顿才怪呢。"

"就是因为我写字笔画不对,他就张口埋汰咱们全家。"关小明说。

"他怎么埋汰咱们全家了?"

"他说我看完马戏团的演出后鬼迷心窍了,说我爷爷和狗都遭到了我的连累。他把爷爷和狗放在一起来提,全班同学都嘲笑我,我就骂了他。"

"那你说你是不是鬼迷心窍了呢?"吴云华又回到炕上去翻新棉裤,一缕棉絮精灵般地飞起来,"你去看看咱家柜里的碗,原先存着多少,现在还剩几个?你爸爸说明天该进城去买新碗了,都是因为你。"

"爷爷就快烧出新碗了。"关小明说,"到那时候我就顶泥碗。"

"烧砖和烧碗怎么能是一回事。"吴云华抖了抖未絮好的棉裤,惹得棉絮飞得更欢了,她就像是坐在雪花飘飘的场院里，让关小明望去有些朦胧。

"可爷爷说他能把砖窑变成碗窑。"

"你们关家人从老到少都有这个毛病，做事情是九头老牛拉不回，不撞南墙不回头。"吴云华顺水推舟地说，"等你们折腾得无路可走的时候就知道了。"

"我就不信我练不成，我也是个人，冰溜儿也是条好狗。老师都说过，功夫不负有心人。"

"那你就顶你的碗去吧。"吴云华说，"不过课还是不能旷的，不然就是你爷爷护着你也不行。"

"别的课我都上，我旷的就是王张罗的课。"

"不许说老师的外号，要叫'王老师'。"吴云华说，"你骗不了我，王张罗教语文，语文课都在上午，你旷的课都是在下午。"

"可教导处给王张罗调课了。他的语文课现在都在下午上。他老婆一到上午就爱出去瞎跑，下午时才消消停停地待在家里。王张罗怕她又要跑丢了孩子，所以上午时在家看着她。"

"你怎么又叫他王张罗了？"吴云华嗔怪道。

"那你也是这么叫的嘛。"

爷爷每天清晨风雨不误地去窑场，直到黄昏时才回家。每逢回家时在路上碰见乡亲邻里，大家都问他："你的碗烧到什么程度了？"

爷爷便说:"快了,等着看碗吧。"

人家又问:"窑场那儿埋着死孩子,你就不怕吗?"

"我这么大岁数了,还怕小孩子的魂儿?"爷爷回敬道。

"你烧碗专是为了给孙子来顶着玩?"

"烧好了说不定能用它盛饭呢。"爷爷说。

"那还不得打上一层釉才行?"

爷爷便背着手不再搭理人家了。他才不去想上不上釉的问题呢。现在的关键是,他得请王木匠去打个像样的碗模子。砖的模子几乎家家都有,这东西好打,三下五除二,钉个长方形的框子就行。砖模子不用之后都用它盛上土来植菜秧子,什么倭瓜秧、黄瓜秧、柿子椒秧、辣椒秧,等等。一到早春时节,外面还因为残留的霜雪不能播种,屋内窗台上的菜秧子却挺起嫩绿的腰肢,直着脖子一个劲地向上长了。有时那砖模子的木头因为半朽,还生出细个伶仃的狗尿苔来,令人忍俊不禁。

王木匠外号"王嘘嘘",原因是他胖,每逢干活时就嘘嘘地喘个不休。他打出的东西虽然不秀气,但却坚固耐用。王嘘嘘最喜欢看木头的花纹,觉得世界上最美好的事物就藏在里面。他能从木纹里看出大河、云彩、高山、猫、狗、荷花,甚至剑和胡琴。他给家具上色永远都喜欢上哈巴粉。有一段哈巴粉不时兴了，小青年在结婚时喜欢直接涂上青油的木纹本色，王嘘嘘就拒绝给他们打家具。关小明家有一张八仙桌子就是王嘘嘘打的。四方大脸、笨头笨脑的，但出奇的经摔打，使了十来年也没见一个楔子有松劲。四条桌腿比猪脚还雄壮，跟青铜制成的鼎一样坚不可摧。王嘘嘘六十多岁了，有五个孙女，整天地盼儿媳妇们给他长长脸，生个有小鸡鸡的出来，结果儿媳妇仿佛合起伙来气他，花骨朵一个接一个地打，把一个个丫丫送到他怀里，这使得王嘘嘘干活时嘘得更厉害了。

　　风变得越来越清爽了，秋天很快就会来了。土豆长成了，一个个圆鼓鼓的白脑袋拱在黑土里，拼命汲取着养分，为出土做着准备工作。那些被留作籽的垂在架底的豆角，皮一天天地干瘪起来，肚子里一粒粒的籽却渐渐胀起来，跟女人怀孕没什么区别。最值得看的是朝天椒，它们被充足的阳光给晒红了，一个个撅着可爱的小嘴看着天，妖艳异常。

　　王嘘嘘正坐在院子里喝茶，看见关老爷子进了院子，就一个劲"老哥老哥"地叫着，然后让进屋里吩咐儿媳新沏一壶茶。王嘘嘘穿着件磨出了很多洞的白背心，虽然已是傍晚，天空不闷了，他的脸上和脖子上仍然流着热汗，一说话就嘘嘘地喘，胸脯上的肉随之起伏："听说你上了窑了，给你孙子去烧碗？"

"啊，我在家里待着也没意思，出去透透气。"关老爷子说。

"那窑这么多年都不用了，还能行吗？"王嘘嘘问。

"凑合吧。我清理出了一孔。"关老爷子说，"向西的。"

"噢。"王嘘嘘说，"那孔窑当年出砖出得最好。"

关老爷子答应着，接过王嘘嘘儿媳递过来的茶碗。也许是在外面干了一天的活，他觉得那茶不同寻常的香，便赞不绝口。王嘘嘘趁机留他吃饭，说有一条咸鲅鱼还没有吃，一会让儿媳拿出来放上辣椒和豆豉蒸一下来下酒。关老爷子也想留下来解馋解乏，但怕家里人惦记，这么晚了不回来，别再去窑上找，空跑一趟。王嘘嘘说这还不简单，唤我孙女去你家传个信，就说今晚不回去吃了。

王嘘嘘叫来他的长孙女王雪晶，让她去关家送个平安信。王雪晶跟关小明同岁同班，白白净净的，细眉细眼红嘟嘟的嘴，眉心生着一颗黑痣，使整张脸焕然生辉。她在班级语文成绩总是名列前茅，不过她的算术却不太争气，混合运算题老是出错，所以她的总成绩在班级只处于中游。她平时话少，不喜欢运动，一上体育课就发蔫。爷爷盼咐她去关小明家，她十分不情愿，但又怕惹爷爷生气，还是答应着出了门了。

关老爷子向王嘘嘘提出了打个碗模子的要求。王嘘嘘一口答应了，说打个碗模子有什么难，你过三天来取就是了。

王雪晶走到关小明的家门口后就徘徊不前了。她怕关家的那条狗。冰溜儿的厉害可以说是声名远扬。她曾在放学回家的路上多次看见冰溜儿，它的确威武得不同寻常，跑起来浑身的毛发随之灿烂而优雅地起伏。人都说好狗不咬过路人，的确，尽管在路上与冰溜儿不期而遇的人都对它心怀恐惧，然而那只是自己吓唬自己，冰溜儿从不对与它不相干的人滥施威风。它只是玩它的，看着姿态娴雅的蜻蜓在飞翔，就现出无限羡慕的神态，或者是看着垃圾堆上突然长出来的一些菜秧子，做出苦苦琢磨的样子。

然而若是接近关家和直接闯入关家的话，冰溜儿可就不那么宽宏大量了。谁都知道它没有铁链子的束缚，它会嗅着生人的气息警觉地冲过来，冲你汪汪叫个不休，但它又从不咬人。尽管如此，王雪晶还是不敢轻易走进院子，她觉得爷爷打发她来真是不爱惜她，为难得她直想哭。天已经格外昏暗了，她忽然听见院子里传来清脆的碎碗声，接着关小明妈妈的声音随之响起:"小明,你是不是想用锅来吃饭了?你摔了多少个碗了,你顶了这么长时间了,还没顶出个名堂,天生就不是吃这碗饭的,你死了心吧。"

"都是人,我就不信顶不成。"关小明说,"等我爷爷烧出泥碗就好了,省得你们老是埋怨我。我要是将来挣大钱了,就买上成千上万个碗赔你们,把仓房塞得满满的。"

"你还好意思说爷爷?"关小明的母亲说,"都这么黑了他还没从窑里回来,他眼神不好,路又坑坑洼洼的,他要是摔一跤可怎么好?"说到这里,她又开始召唤自己的丈夫,"全和,你能不能勤快点,到路上望望爸怎么还不回来?天都这么黑了,窑上埋着那么多的死孩子。"

"死孩子又不会变成活人来拖爷爷的腿。"关小明颇为不耐烦地说,"我去窑上找爷爷,我带着冰溜儿去。"

冰溜儿未到门口就嗅出了生人的气息,它汪汪地叫了起来。王雪晶连忙大声喊:"关小明,快勒住你的狗,我是王雪晶!"

她本来是不爱说话的,可情急之下她不得不说;她本来也从不大声说话的,可关键时刻她的声音高得穿透夜空。关小明连忙唤住冰溜儿,一个劲说道"别咬了别咬了别咬了",冰溜儿果然偃旗息鼓,敛回满腹嚣张气焰。

"你爷爷从窑上回来去了我家里,他要跟我爷爷一起喝酒吃饭,让我来报个信。"

"他怎么去你家里了?出了什么事了?"

"我听他求我爷爷给他打个碗模子。"王雪晶边说边转身离开,"你可得勒住你的狗,别让它扑上来咬我一口。"

王雪晶那惊魂未定的神态极像冰溜儿初来关家的样子,纯真而惹人怜爱。关小明不由联想起大明马戏团里那个从小狗手里接过碗的女孩子,一股热血在他周身汹涌,他觉得王雪晶的加盟将使他的节目变得完美无缺,更上一层楼。关小明不由冲口而出:"你跟着我学顶碗吧,其实挺简单的,你只需从冰溜儿那把碗接过来就行,然后再把碗往我头上甩,我能把它们一个不漏地接住。"

"可是刚才我都听见你又摔破了一个碗。"王雪晶说,"那还是顶着碗平着走路摔的呢。"

"可我会越练越好的。"关小明并不觉得寒碜,他说,"王张罗不是说过嘛,功夫不负有心人,铁杵也能磨成针。"

"可我不会耍碗。"王雪晶说,"碗就是个吃饭用的东西。"

王雪晶几乎是一路小跑着回家了，关小明失神地看着她飘忽的背影，就像被赶出美妙的梦乡一样充满忧伤。天黑得使他很快就看不见王雪晶了。他无可奈何地引着冰溜儿回家。母亲从灶上听到了开门的声音，以为公公回来了，就从屋里迎出来，可是见到的仍然是关小明和狗，便焦急地问："你爷爷呢？"

"去王嘘嘘家了，不回来吃了。"

"去王嘘嘘家做什么去了？"母亲跛着脚一晃一晃地回屋，对正在灯下看小儿书的关全和说，"你说爸怎么去王嘘嘘家吃饭了？我这韭菜合子不是白烙了？"

"爸不吃，还有咱们呢。"关全和嘻嘻地笑着，与小儿书中的人物会心会意地交谈着，"我说你打不过那个红胡子吧，怎么样，马不是让人给杀了，宝也丢了吧？"

关全和有个嗜好，那就是看小儿书。他的文化程度有限，对全是字的书一向头疼，而对图文并茂的小儿书却情有独钟。有时字不认识，可却能从画面悟到故事的发展进程。所以每逢关小明犯了错误，关全和欲鞭打他的时候，他会像野马一样冲出院子，去找那一群小朋友借小儿书来讨好父亲。当然这讨好也并不是次次奏效，若借回了父亲从未看过的他会眉开眼笑的，而有时恰好借回的是他看了好几遍的，于是气上加气，脸也青了，脖子上的筋鼓得要爆裂了，打儿子时就多加了几分力气，让关小明觉得得不偿失。关全和看的小儿书除了三国故事，就是武打故事，再不就是抓鬼子、抗日的故事。有一次关小明推荐给他看《基度山恩仇记》，他一看画上的人都是高鼻梁，就怒不可遏，说怎么能看洋鬼子的故事，洋鬼子抽大烟搞女人，干不出什么好事来，听得关小明直乐。关全和每次进城，都忘不了抽出一些钱到新华书店买小儿书。那个胖乎乎的营业员都认识他了，知道他买过什么，每次都准确地将关全和没有的推荐给他。关全和将小儿书整整齐齐地摞在柜子里，不让关小明外借，怕借的时间长了就成了人家的。再不就是小儿书被还回时青春不再，被一双双脏手给翻得卷了边，容颜憔悴，你又不能让人家赔。关全和干活累了回家解乏时，喜欢趴在热炕头上看小儿书，顺便还能烙烙他因为风湿而常常酸痛的膝盖。

吴云华见丈夫看得如此入迷，儿子又把另一只新碗放到头顶上了，她便垂头叹息。想想那个满腹墨水的王张罗永远享受不到热汤热水的伺候，还在为孩子的事百般操心，便觉得又老又丑的关全和是掉进福堆了。

"吃饭了——"吴云华把一簸箕韭菜合子摆到饭桌，召唤着丈夫和儿子，"快来吃吧，韭菜凉了坏肚子。"

关小明觉得肚子咕咕叫了,他放下碗,带着冰溜儿跑进屋里,捏住一个合子将它的尖尖角放入口中,热辣辣地一咬,一股油随之冒出,溅到冰溜儿的身上,它呜呜叫着抖了抖毛,关小明不由叫道:

"搁了这么多的油,真香啊。"

冰溜儿摇着尾巴,馋得左顾右盼的。

王嘘嘘为了打碗模子已经有两天睡不好觉了。这东西实在难弄,体积小,弧度大,稍稍用力就会弄碎已经旋好了的木头。他白天干不好,晚上就在院子点起灯接着干。由于不顺手,他愈发嘘嘘地喘着。几个调皮的孙女一见他对着木头块发愣,就说:"爷爷,你连个碗模子也打不出来呀?"

王嘘嘘就赶鸭子一样轰着她们说:"去去,别来闹我。我得动动脑筋,这碗模子脱出来的坯怎样才能让中间空着个心?"

"你打两个碗模子啊——"王雪晶启发爷爷,"一个大碗模子,一个小碗模子,把它们套在一起。"

"套在一起怎么脱坯?"王嘘嘘埋怨道,"跟你爷爷一样死心眼。"

"把小碗模子放在地上,然后往它身上糊泥,糊到碗那么厚的时候,再扣上个大碗模子一压,一个光光溜溜的泥碗不就藏在中间了吗？"王雪晶说。

"嗨，你说的还真对路。"王嘘嘘说，"你小时候就爱吃鸭蛋黄，那东西补脑子，你就是比别人聪明。"他早把说孙女同他一样死心眼的话抛到九霄云外了。

王嘘嘘几乎是在院子里掌灯干了一夜，才算是把碗模子打出了几分姿容。天快亮时他关了灯，迷迷糊糊地回屋睡觉。才躺下不久，就觉得憋了一泡尿，要起来撒，而又嫌费事，胳膊和腿都服服帖帖地靠在热炕上，像是饥饿的婴儿找到了奶，不肯轻易起来。然而那尿却执意跟他过不去，顶得他下腹胀胀的，斗争来斗争去，他还是起来到院子里去撒尿。他起夜时从不到园子的厕所去，觉得厕所只是遮羞的场所，适合白天用，黑灯瞎火的时候就不用那么费周折。院子的南面即是仓房，它是用未进过窑的砖坯垒成的，像座黑屋子。里面装着米面油盐和各种农具，还有一些没有用处却又舍不得扔掉的东西。仓房外的墙上挂着一串串菜籽、辣椒和蒜。王嘘嘘祖籍四川，三天不吃辣子，就觉得头晕眼花，所以家里园子中的辣椒种得最多，年年都有余绰。王家的油炸辣椒味曾使多少左邻右舍馋涎欲滴。可惜他们舍不得腾出大块的地来广种辣椒，即使舍得种了，又往往因为辣椒极难侍弄而收获微薄。

王嘘嘘迷迷糊糊地垂头走到仓房的墙根，撩开裤子，迫不及待地尿起来。大概由于憋久了，尿起来哆哆嗦嗦的，足足尿了两三分钟。尿毕，觉得困意已被劫走了七八分，于是抬起头来习惯地望了一眼仓房的黑墙。墙上竟直直地贴着一个白人！王嘘嘘吓了一跳，以为谁家的鬼来讨债了，便连连作揖后退。然而这白人竟起了哭声，哭得格外委屈，而且是个男人的哭声。王嘘嘘连忙说："你别哭了，你有什么委屈就说，你是谁家的鬼？缺钱花了，还是冬天的衣服薄？你尽管说来，我王嘘嘘今晚就给你捎去。"

那白人哭得更为伤心，他说："你尿了我一身，从来没有人往我身上撒过尿。"

王嘘嘘觉得这声音耳熟，是个活人的声音。他大着胆子靠近这个白人，仔细看他的头，原来是王张罗！

"本来我是不想来的，这成了什么，让我怎么有脸去见人。"王张罗仍然哭着，他的手上提着一串辣椒，他说，"我老婆就是要吃辣椒，闹了三天了，城里也没有卖的，我又不能不依她，她一不高兴就作践孩子，我不想让第三个孩子还进窑场。"

"那里成了碗窑了。"王嘘嘘随口说道。

"我在外面挨了一夜，你老是不回屋睡觉。"

"我在给关老爷子打碗模子。"

"我以为你回去后会睡下,这才进了院子。"

"一泡尿又把我给憋出来了。"王嘘嘘歉意地说,"你何苦三更半夜地来拿?你白天时只要说一声,一串辣椒我哪能舍不得?"

"你爱辣椒,我怕你不给。"王张罗仍然哭着,"我还算是个老师呢,让你弄了一身的尿水。"

原来被尿了身的这种污辱远远胜过了他偷东西的那种罪恶感,这使王嘘嘘觉得读书人真是可笑。他连忙劝他说:"你赶快拿着辣椒回去吧,一会天亮了雪晶该醒了。"

"王雪晶要是知道了,全班同学就都得知道了。"王张罗说,"我没脸上讲台了。"

"我怎么能告诉孩子呢?"王嘘嘘跺了一下脚,"我要是跟别人说,我王嘘嘘就是大姑娘养的!你快回家吧。"

"可是我的身上全被尿水给弄湿了。"王张罗仍然站着不动,"我从来没被人这样对待过。"

王嘘嘘不再劝他,心想越劝你就越上脸。待我回了屋,你那面子就拢回去了,还不得乖乖溜出院子?王嘘嘘果然朝屋里走去,他关上门后蹲下身子停了几分钟,然后慢慢抬起身透过玻璃去看仓房,那条白影子果然不见了。王嘘嘘悄悄拉开门，又去察看挂着的辣椒还有几串，结果他发现王张罗竟然拿走了两串，他不由笑着跟自己说："好你个王张罗，够贪心的！"

尽管如此，王嘘嘘还是有些替王张罗担心，怕他丢了面子后一病不起。好不容易等到中午孙女放学回来了，他劈头就问："雪晶，王老师今天的语文课上得好么？"

"还没上呢。"王雪晶说。

王嘘嘘吓了一跳，连忙问："他没来上班？"

"来了。"王雪晶说，"课间操时我还看见他了，他穿了条高粱米色的裤子，旁开门的，可能是他老婆的。"

"噢。"王嘘嘘这才稍微放心了，"那他今天没有语文课？"

"他的语文课都调到下午上了。"王雪晶嘻嘻笑着告诉爷爷，"他上午在家看傻子，怕她又把孩子跑丢了。"

"不许说人家是傻子。"王嘘嘘教训道。

"她本来就是缺心眼嘛。"王雪晶撅着嘴说。

王嘘嘘想，王张罗把那条被他尿湿的裤子给洗了，而他总不至于就一条裤子吧，换上个旁开门的怎么撒尿？王嘘嘘摇摇头，为王张罗的愚钝而感到辛酸。

关老爷子每逢秋天来临就要犯气管炎。那时候他就整天都觉得胸闷，吃饭时明明是把饭咽到肚子里，可他却感觉到饭全都噎在嗓葫芦里，令他说话都困难。他年轻时体格健朗，没想到一到老年就成了个纸人。儿子对他极尽孝道，已经好几年不让他下地干活了，让他待在屋里喝茶抽烟享清福。也许他天生是个贱命，一歇下来，福的滋味没尝到多少，病却对他缠绵备至。今天受了风寒发低烧了，明天痔疮又疼得他坐不住，后天一个蒸土豆落肚后呕了好几天的酸水，真是愈老愈不中。想当年他在窑场干活，一天能脱一千块坯，一顿能吃掉六个玉米饼子。

由于要给孙子烧碗，他来窑上已经有二十几天了。秋风又刮起来，他站在风口里，竟然没有犯气管炎。而且这一段他食欲大增，一顿能吃下一碗粥外加个馒头。他每天中午一个人静静地坐在窑场铺天盖地的阳光中，喝温吞水，吃着用细柳枝拢起火来烘烤的干粮，竟觉得无限香甜。那天在王嘘嘘家吃咸鲅鱼，也香得他赞不绝口，王嘘嘘说这是因为他出去干活的缘故。不过他回家后咸得犯渴，夜里起来喝过三次水。关老爷子已经把脱坯用的土堆好了，一堆连着一堆，像是荞麦饽饽。他打算趁着天高气朗的时候赶紧把碗坯脱出来，由着漫天卷起的秋风把它们尽早晒干，然后入冬前让它们进窑里。他保证在落雪前能让孙子看到一窑金红色的碗。

一想到金红色的碗，关老爷子就忍不住激动起来。这几年他很少有梦，偶尔做上一两个，无非是看到已故的老伴年轻时的模样，笑眯眯地望着他，那温温存存的样子好像是仍然在那等着被他娶，使他觉得活着的枯燥和辛酸。而这一段时间他却屡屡做梦，仿佛户外的好空气把已窒息的梦之门给生生地吹开了。关老爷子不止一次梦见烧窑时那旺旺的火苗和那火苗燃烧时充满激情的声音。有两次他在梦中竟然看到出窑的碗，它们一个个迤逦相挨，颜色金红，在阳光下像一片盛开的金钟花，比鸡血还要灿烂。想想看吧，在这里祖祖辈辈生活着的人们只知道烧砖，却没有一个人烧碗，人们大概对这事连想都不敢想。而他不但想到了，并且开始做了，如果成功了这将是一件多么了不起的事情。他会改变一孔窑的名称，比如向西的这孔窑，这孔向着落日的窑，已经成为碗窑了。这跟改朝换代有什么区别呢？为此他得感谢孙子的异想天开，感谢那场马戏团的演出。他的碗将是孙子成功的关键。

关老爷子干劲十足地脱起碗坯。他先和好了一堆泥，然后脱下鞋，光着脚，将裤脚挽起，就像他年轻时干这活一样。坯场上阳光飞舞，他能闻到庄稼成熟的气息。王嘘嘘打的两个碗模子在他手中快活地捣来捣去，他以为一上午可以脱出几十个碗坯，然而他失望了。那碗模子如此不中用，脱出一个散了一个，在瞬间是个碗，之后就是一团泥。他呆呆地盯着那一大一小两个碗模子，就像看着糟蹋了他满囤粮食的老鼠，充满仇恨。

"好你个王嘘嘘，你净耽误我的时间，这个碗模子怎么能脱出碗坯子！"关老爷子骂道，"你这个猪坯子！"

关老爷子穿上鞋，气冲冲地提着碗模子回村，直奔王嘘嘘的家。王嘘嘘正在院子里刨一块桦木，要给家里打个新面板，看到关老爷子的样子，便明白自己的三天工夫白费了。

"老哥，你可别急。我从没打过碗模子，它要是不中用，我再学着打。"王嘘嘘诚恳地说。

"你当了一辈子木匠了。"关老爷子略带嘲讽地说，"也算是个蹚六十多年河的人了。"

他不说王嘘嘘白吃了六十多年的盐，大概这个比喻太易于领会，于是独辟蹊径，挺幽默地让肥胖的王嘘嘘蹚过河来。王嘘嘘有些火了，他说："我当木匠是打箱子、柜子、椅子和饭桌的，我不会打那些花里胡哨的东西。"

"那你还打过红缨枪呢。"关老爷子揭露道,"那些年全学校的孩子不是都扛着你打的红缨枪吗?你还给刺刀头刷上银粉,把缨子给染红了拴上,那就不叫花里胡哨了?"

"那是校长让我给打的!"王嘘嘘气急地说,"又不是我发动他们扛红缨枪天天吆喝'杀杀杀'的,他们又能杀个屁!那木头、银粉、做缨子的棕绳、染缨子的红钢笔水,你去问问校长,哪一样是我王嘘嘘给出的?那都是学校上赶着给的!不信你问问校长去!"

"我上哪儿问他去?"关老爷子蔫了。校长死了三年了。

他们唇枪舌剑地争斗了一番,都有些泄气。王嘘嘘已经气得红头涨脸。当年学校里的学生每人肩扛一个红缨枪,飒爽英姿地走来走去,他的确觉得自己风光无限,认为他是一个时代的缔造者。而这情景没有持续多少年,学生们不再去操场操练,刀枪入库,琅琅的读书声如潮涌来,一个时代结束了。王嘘嘘虽然也觉得孩子们读书是本分,可他认为那些红缨枪没有罪过,他起早贪黑一把把地打,菱形的尖头总是用砂纸给磨得光滑细腻,那一撮撮缨子有多么鲜润可爱啊!有一天他背着手去找校长,发现校长也背着手，他就把手放在前面，说："那些红缨枪怎么不让使了？"

校长说："我们把它们放进仓库了。"

"我知道你们给放进仓库了。"王嘘嘘说，"那红缨枪哪里打得不好？枪头都是一个一个用砂纸给磨出来的！"

校长哭笑不得地说："反正不时兴了。将来只能当柴火烧掉了。"

"那是我打的东西！你要是当柴火烧了我拿柴火跟你换！"

校长果然没有烧掉红缨枪，但是有关王嘘嘘与红缨枪的话题却传了出来。人们在笑的时候都觉得王嘘嘘的可爱，于是大家都愿意找他打个箱箱柜柜，尽管他打的东西缺乏美感，但却稳如泰山，对于讲究实际的农家来讲，这也就足够了。

红缨枪的话题使王嘘嘘黯然神伤了好一阵子。关老爷子意识到自己揭人家的短有些不善良，于是又连忙夸奖他心灵手巧，侠义心肠，受人尊敬。

"我巧什么？"王嘘嘘的气仍然没有消。

"怎么不巧。"关老爷子说，"秦子民家的那个地琴，打得多称意呀！玻璃门能对着拉，明面的门上一个木节子都没有。"

"木节子都让我给让出去了。"王嘘嘘道。

"就是。"关老爷子继续哄他,"还有全金贵家的箱子,两边都镶着铜把手,随时能抬着走。换作别人当木匠,想不这么周全。"

王嘘嘘终于不生气了,答应再次为他琢磨碗模子。

关老爷子这才吁出一口长气,说:"泥可都和好了,在窑上等着呢。"

"你就把心放到肚子里去吧。"王嘘嘘信誓旦旦地表示,"两天后你来取,我要是打不出来,就白白给你熬皮冻吃。"

他们相视而笑,和好如初了。

秋收了。学校放了三天农忙假。关全和同妻子商量着先收什么,后收什么。结果达成一致意见,先起萝卜,然后是土豆,最后是白菜。这三样蔬菜都种在远离家门的大地上,那里的自留地一片挤着一片。一到秋收时节,家家户户就拉着手推车,上面装着麻袋、镐、齿子等等工具,一伙伙地朝大地上走。

吴云华并不指望放了假的关小明能帮助他们做点什么,但还是为了不让他太痴迷于顶碗而对他说:"小明,这三天假里你也跟着上地里去吧,把冰溜儿也带上。"

"爷爷歇了两天窑了。"关小明说,"王嘘嘘刚把碗模子打出来,这回是行了,我得帮爷爷脱碗坯去。"

"没大没小。"吴云华说:"怎么能叫王嘘嘘呢?要叫爷爷。上次我就说过你,你老师来家访,你口口声声叫人家王张罗。"

关全和问:"王张罗啥时来过?"

"挺长时间了。"吴云华一拐一拐地往饭桌上摆碗和筷子,"为了小明的事。"

"怎么没听你说过?"关全和颇为警觉地问。

"又没什么大不了的,小明不过是写字不按顺序写,王老师生了气。"吴云华说毕,这才又去追问关小明,"小明,你现在把写字的顺序改过来了吗?"

"改了。"关小明嘴上这样回答,心里却在说,"我打上学时就这么写字,写惯了,改得过来吗?"

一家人就把话题扯在了王张罗身上。关全和说王张罗这两天又去卫生所打针了,说是重感冒。

"才上秋怎么就感冒?"关全和讥讽道,"我看不是刘玉香揣不住孩子,是他的种子不牢靠!"

关小明"扑哧"一声乐了。吴云华红了脸,对关全和说:"你就当着孩子胡说八道吧,做损呀。"

关全和自知失言,连忙对儿子说:"出去出去,带冰溜儿顶你的碗去。"

关小明迫不及待地带着冰溜儿来到院子。

关全和小声对妻子说:"你说王张罗真是个命苦的人,他当初要是娶了你,他那后半辈子不就有福享了?"

吴云华淡淡地说:"看你——又这么说话——"

"你这一拐一拐走道的样子,我现在看着特别顺眼。"关全和说,"我现在看着别的女人长着两条好腿飞快地走,就特别不舒服,个个都像母夜叉。"

"我的腿把你的眼都看歪了。"吴云华的话音刚落,院子里忽然传来冰溜儿的哀叫声,关全和连忙循声去看,冰溜儿在院子里上蹿下跳着,疯了一般,忽而踹翻了鸡食盆,忽而又踢开了晒米的箩筛。关小明追着冰溜儿,呜呜地跟着哭。因为是傍晚,天色有些昏暗了,冰溜儿又上蹿下跳着。关全和一时不知道儿子和狗之间究竟发生了什么事,但他隐约看见地上又碎了一个碗。吴云华也从屋里随之而来,她问:"小明你哭什么?冰溜儿是怎么了?"

关小明终于还是抓住了冰溜儿,将它紧紧抱在自己怀中,悲伤地哭叫着:"我没想砸你的眼睛,我真的没想砸你的眼睛!"

"冰溜儿的眼睛怎么了?"吴云华叫着凑过去,用柔软的手抚了一下冰溜儿的眼睛,只觉得一股黏稠的东西流到手上,她意识到那是血,不由颤抖着叫了一声:"我的老天爷!它的眼睛怎么出血了?"

"我让它接碗,把碗甩过去,谁知它不用嘴接,跳了一下,那碗正好砸在它的右眼上。"

"全和——"吴云华哆哆嗦嗦地叫道,"快进屋拿出手电,照照冰溜儿的眼睛怎么样了?"

"我知道你疼,都是我不好,可是咱们练了这么长时间了,我都心急了,同学们都取笑我。冰溜儿,你忍一忍,一会就好了。"

关全和取来手电,照见了冰溜儿的那只血糊糊的右眼,它的颈部的毛已被血染红。它耷拉着耳朵,疼得用爪子挠地,那种痛不欲生的样子令人心寒。

"谁会给狗看眼睛?"吴云华焦急地说,"要不请卫生所的齐大夫来看看?"

"齐大夫是给人看病的,你请他来给狗看病,这不是埋汰人家吗?"关全和说,"我一会给它抓把炕洞灰糊上,止了血就好了。"

于是关全和就心急火燎地进屋去抓炕洞灰。灰还没抓出一把,只听"嗷——"的一声被屠戮般的惨叫,这声音一直从屋里传到院子,吴云华急忙循声而去:"全和,你怎么了?"她恨不能一步跨到丈夫身边,然而她的那双腿就是不争气,无法将三步并成两步。

原来关全和被火炭烫着了手。由于刚刚做过晚饭，柴火落架不久，火炭看着是没了，其实还有一部分耐燃的藏在软绵绵的灰里。关全和这一伸手，就被烫了，像一下子长了十几厘米的身高，反复跳了好几下。

"看看你，看看你，真是什么也不懂，怎么能用手去掏呢？你又不是不知道才刚做完饭。"吴云华心疼地看着丈夫的那只右手，本来它就瘦骨嶙峋，到处是起着黄包的茧子，这下又被烫出一些白白的印痕，这手就仿佛受了大刑一般越发让人看不得了。

"一会这些白痕痕就会鼓起来。"吴云华说，"起了满手的白泡后我看你怎么秋收？"

关全和觉得老婆的话缺乏温存和关怀，她心里想的是手受伤后给秋收带来的麻烦，却不顾这手的悲苦，于是就赌气地说："我拿针把这些泡给挑了，放在盐水中泡泡，照样能下地秋收，我不能白白待着吃闲饭！"

"谁说你吃闲饭了？"吴云华终于掉下几颗泪，"还不是心疼你的手？"

吴云华一时不知道该怎么处理眼前的这两桩麻烦。丈夫的手重要，冰溜儿的眼睛也重要。儿子的哭声和狗的呻吟还是占据了上风，眼睛永远比手重要，哪怕是狗的眼睛。于是她当机立断找来一根柴火棍，蹲在灶坑前拨弄灰，然后用撮子撮到院子里散散热气，由她的手把它们糊到冰溜儿的眼睛上。

冰溜儿在这期间一直哀叫不止。等到灰进了眼睛,它的疼痛再一次被剧烈激发起来,一度挣脱了关小明的怀抱,跑到一人多高的桦子垛上呜呜痛叫。不过最后它还是又从上面蹦下来,有气无力地偎在窝前。它眼睛的血终于止住了,只是不知这眼睛还能不能当眼睛用。

那一夜关家人的生活一下子缺了两样东西:晚饭和长夜里香甜的睡眠。关老爷子从窑上回来后也被这突然而至的一幕震动得毫无食欲,桌上的晚饭任凭灯光分分秒秒地照着,没了热气,没了香气,也没了饭桌前的那团活气。夜晚时关全和的手掌果然起了一层白泡,疼得他直流汗。吴云华不由得唉声叹气,彻夜不眠。关小明在那个夜晚每隔半小时左右就要出门到狗窝前去看看冰溜儿,不停地用手电晃它的右眼,希望它能灵敏地做出反应,然而他的希望总是落空。爷爷每当他回屋时都要问:"它的眼睛没事吧?"

关小明总是说:"我看不出来,它根本不理我。"

"都怨爷爷没有早些烧出碗来。"爷爷说,"要是泥碗碎了就戳不坏它的眼睛了。"

"不是碗碴扎的,是砸的!"关小明觉得爷爷的检讨是在有意扩大他的伤痛。

关老爷子不再多言多语，只是睁着眼睛挨到天亮。天一明，关家四口人全部来到院子，急急地看冰溜儿的那只右眼。那已经不是眼睛了，它灰蒙蒙的，毫无光泽。由于血迹和灰的污染，冰溜儿看上去又脏又老，很像个无法自拔的酒鬼。

"它的右眼瞎了。"关小明呜呜哭着，"它可怎么办？"

"你先别哭，说不定没事呢。"爷爷一听见孙子哭心里就哆嗦。

"全和，咱还是请齐大夫来给看看吧。"吴云华说，"咱好好求他，为了咱家的冰溜儿好好求求他。"

关全和无计可施，只得硬着头皮去求齐大夫。他才走出家门没几步，就被老婆喊住了："全和，你等等——"

关全和就站下等，顺便抬头望了望天。天是多么蓝啊。

"天有两只眼睛，一个是太阳，一个是月亮。"他想起关小明六岁时说过的话。那是那年的中秋节关全和抱着手拿月饼的关小明望月时他说过的话。当时关小明还嚷着要吃"太饼"，他以为有月饼吃，是因了月亮的缘故；那么太阳也像月亮一样天天出来，就该有太饼可吃。关全和望天的时候想起儿子的话，觉得儿子的比喻是恰如其分的,太阳和月亮的确是天的两只眼睛。天很聪明,不同时出一双眼睛,一个亮着另一个却闭着,一个睁开了另一个又合上了,两只眼睛交替着休息,所以它的眼睛抗使,永远也坏不了。而人世间的眼睛却是多么脆弱啊,天终归是天。

正慨叹间,吴云华走到他身边,把两瓶猪肉罐头递给他,说:"拿给齐医生家吃吧。"

这两瓶罐头是想留在秋收中耗力时解馋的,但是为了冰溜儿的眼睛,关全和也不去心疼了。

结果齐大夫来到关家后宣布了冰溜儿的那只右眼已无法复明。齐大夫说如果不往眼睛里抹炕洞灰问题还不至于这么严重,灰虽然止住了出血,却伤害了视网膜。

吴云华没有想到自己竟帮了个倒忙,是她的主意害了冰溜儿。她不由抽抽搭搭地哭了起来,连连责备自己是个臭脑瓜子。

然而大人们对狗的哀伤毕竟有别于小明,他们觉得事情无法挽回后就不再总是折磨自己,该秋收还是秋收去了。真正哀伤的是关小明,而受罪的却是冰溜儿。它一整天都水米未进,直到黄昏,小主人为此愁得哭泣不已时,它才恹恹地伸出舌头舔了些米汤。

坯场上的阳光是金红色的。关老爷子清理出来的这片坯场与多年以前一模一样，虽然面积不大，但那颜色仍然是暗红色的。若是阳光威武，那片暗红色就成为金红色了。他依然脱了鞋，把裤脚高挽，拿起王嘘嘘新打的碗模子来脱坯。碗模子果然有了起色，不是一大一小，而是合二为一，底面凿出个圆孔，四围中空，泥就从中滑落而出，形成一个个碗状。只是这次的碗模子实在笨重，一个个碗五大三粗的，仿佛是要给绿林好汉使的。

关老爷子这一天脱了六十八个碗坯。数目虽然少了些，可这六十八个若烧好了就够孙子顶上半年的了。他在落日西沉的时候欣慰地看着这些可爱的碗坯，想着落雪之前它们干透了，一个跟着一个进了窑，他守在外面点起柴火烧窑。掌握好火候烧上几天，一窑碗就会像模像样地诞生。别看它们现在是黄泥颜色，一旦出了窑，便会个个脸腮绯红，比正飘飞着的晚霞还要好看。为此他得在以后的几天里陆陆续续背一些柴火来，儿子儿媳正埋头秋收，孙子悉心看护冰溜儿，不会有人帮他的忙的。

关全和的那手燎泡果然被吴云华咬着牙给挑开了。每挑一个她的心就抽搐一下，关全和龇牙咧嘴地嘶嘶叫着。泡破灭后，她端来一盆温热的盐水，唤丈夫伸进手去。关全和将手放进去，"嗷——"地叫了一声，连连说着:"我的天爷天爷天爷,杀死我了,唔噜噜噜……"他的舌尖在两个唇角间打着滚,吴云华连忙安慰道:"忍一忍,杀一会儿就好了,这又不比女人生孩子更难受……"

关全和忍了忍,果然就不觉得那么疼了。他看吴云华时就觉得她更加美丽了,一股温柔撩上心头,他忍不住说:"秋收完后我带你进城去。给你买件好衣裳,我买些新画书。"关全和一直把小儿书称"画书"。

"我这腿进了城又跟不上你走路。"吴云华说,"还不惹得全城人都看我的笑话,丢你的人。"

"这叫什么话。"关全和说,"我就爱看你这么走路。"

"收完秋后我看你也该进趟城了。"吴云华说,"大娟二娟家孩子的棉袄棉裤都做好了,你给捎过去。"

大娟二娟是关全和与前妻生的两个女儿。

"她们自己都有婆婆,你年年都给他们做,惯的她们,老是让你挨累。"关全和虽然这样说,可心里却对吴云华感激万分。

"大娟家的虎头虚四岁了,也不知是不是还穿开裆裤?这种年龄的孩子应该穿死裆裤了。"吴云华小声说,"我还是给他做了开裆裤,年轻人不会做棉活儿,缝好死缝,开裆就不容易了。"

"你老是想得那么周到。"关全和说。

"下次去城里,把虎头的照片给我捎回一张,还有二娟家的圆英,她怕是会走路了吧?"吴云华帮助丈夫把右手抹上消炎粉,然后用绷带包扎好,端起那盆被弄污的盐水到院子里去泼。

关全和舒舒服服地钻进被窝里。老爷子和关小明早已睡下了。关全和听着座钟"滴答滴答"摆动的声音,觉得时光对他来讲是温存而幸福的,这都缘自屋檐下有一个好女人。吴云华在灶房窸窸窣窣地洗手洗脚,她总是那么爱干净,之后她又到院子里去泼水,然后他听见她跟冰溜儿说话:"你可别睡得死死的,要是万一谁上咱家仓房偷东西,你得出来报个信。别那么蔫头蔫脑的,瞎一只眼不是还有另一只好眼么?你看看我,没有长着好腿,不跟好人过得一样么?"

冰溜儿随之"唔唔"地叫了几声,大概吴云华去抚摸它的毛发了。冰溜儿永远喜欢爱抚,何况这又是它最需要爱抚的时刻。关全和为了自己女人的善良而无限欣慰,他的周身倏然涌动起一股不可遏止的激情,他连忙把灯拉灭。每次他向吴云华求欢时都主动先把灯拉灭,她便明白他的渴望了。果然吴云华很快关上门摸黑进了屋，小心翼翼地摸索着来到炕沿，才脱了上衣，觉得不放心，又摸着黑把他们的屋门又拉了一遍，确信它是关严了，这才又继续回到炕头脱裤子。他们迫不及待地拥抱在一起相互爱抚，幸福得关全和觉得天堂也不过如此罢。

"我的傻拐子。"关全和每到陶醉得不能自持时就这样说吴云华。吴云华也乐意听他这样说。他们彼此获得极致的欢乐后并没有分开，而是枕着同一个枕头说起了悄悄话。话题总是围绕着秋收。这时吴云华突然说："秋收后快上冻的时候，王张罗的老婆怕又该生了。我想去他家帮他几天。"

"你去王张罗家？"关全和将自己的胳膊从吴云华肩颈处抽出来，"你帮他什么？"

"你别急啊。"吴云华说，"刘玉香那前两个孩子都是因为早产而死的，她一临到关键时候脾气就坏，她就出去疯跑。一次跑到井台上让冰给滑倒，一次是在草甸子上追着一头牛，让牛给踢了一下。其实她不是不开窍，只是没个女人帮帮她，跟她说点体己话。她娘家人又不管她，婆婆离着十万八千里，王张罗是个男人，能认得几十筐的字，也不懂得女人生孩子的事。如果我过去帮帮她，陪她住几天，她一准能生下个好孩子。"

"你陪谁住几天啊？"关全和醋意十足地问。

"王张罗的老婆啊。"吴云华轻声笑了，"你可别犯小心眼。"

"不行不行，这成了什么？你住在他家，刘玉香傻，你和王张罗可不傻。好说不好听，我不同意。"

吴云华便不再要求，也不吱声。后来她竟嘤嘤地低泣起来。关全和碰了她一下，说："生气了？"吴云华没搭腔，仍是哭。关全和便说："哭也没用，什么事我都能答应，去王张罗家陪住，万万不行。王张罗本来就在你身上后悔了，我不放心。"

土地真是奇妙，只要是点了种，到了秋天就能从它的怀里收获成果。别以为成果是千篇一律的，它们出土时姿态万千，可见这土地有多么奇妙，让它生什么它就生什么。圆鼓鼓的白土豆出来了，它的皮嫩得一搓即破。水灵灵的萝卜也出来了，它们有圆有长，圆的是红萝卜，长的是青萝卜。宛若荷花骨朵一般的蒜出土时白白莹莹，而胡萝卜被刨出时个个颜色金红。每逢这种时刻，大地上人欢马嘶，羊叫狗吠，一片沸腾。关老爷子在窑场脱坯时常常能看见人们拉着手推车往家运土豆或萝卜，有时人们还甩给他一个萝卜，让他解解渴，顺便问问他的碗什么时候能烧出来，那碗纵是人不能使，鸡用它来吃食行不行，等等。关老爷子便一一给人家答复着。因为好天气团结在一段时间里了，不仅给秋收带来了方便，也给他脱坯带来了好处和愉快。几天下来，已经有三百多个碗坯子。他想着如果碗真的烧好了，一个个瓷瓷实实，真的就可涂釉来吃饭。那时候他会给每家送去一个碗，他烧出的碗将成为每家世世代代可以传下去的东西。遐想带给了他力量和快乐，他的食欲倍增，看云彩时不再眼花缭乱。

这天傍晚他正要收工从窑场回家的时候，忽然看见一个人影远远地从坡上向窑场飘来。那人的身上有一点红飘拂着。关老爷子不由纳闷起来，谁这么晚了还来窑上？

待到那人终于晃悠到窑场，他这才看出是挺着个大肚子的刘玉香。她穿件蓝褂子，脖子上扎条红纱巾，满脸兴冲冲的。她不犯病的时候与常人无异，该叫爷爷的就叫爷爷。

"关大叔，我来朝你要个碗。"刘玉香甜甜地说，"我快生孩子了，要给孩子预备个新碗。"

"谁说我这有碗？"关老爷子问。

"我听好多人家都说你在这烧碗。"刘玉香说，"我就记住了，想着来窑上朝你要个碗。小孩子没有碗怎么吃饭？"

"你的孩子还没生下来呢，你急什么。"关老爷子认真地说，"我的碗还没进窑，等烧出来了最先送给你。"

刘玉香乐了，问："你烧的碗好看么？"

"好看。"关老爷子肯定地说，"你看将落的日头是啥色，它就是啥色。"

刘玉香便看了一眼融融的落日，说："是红色吗？"

"是金红色呢！"关老爷子动情地说，"才漂亮呢。"

"有这红纱巾好看么？"刘玉香摆弄着胸前的纱巾说，"这是俺家王老师进城给买的呢。"

"可比这红纱巾好看多了。"关老爷子道。

"那碗有花纹吗？"刘玉香又问。

"你想让它有就有。"关老爷子说。

"我想给碗边上描着芍药花纹，小孩子看着吃饭香。"

他们颇为融洽地尽兴地谈了碗的前程，这才一起回村。王张罗已经急得要尿裤子了，万万没有想到她却去了窑上，这使他觉得很不吉利。因为前两个孩子都埋在窑上。关老爷子回家后便把刘玉香去窑上的事跟儿媳学了一遍，吴云华微微叹了口气，说：

"她也是想生个活孩子呀，她把小孩子吃饭的碗都惦记上了。"

关全和飞快地翻着小儿书，弄得纸页刷刷地响。

秋收接近尾声的时候关小明带着冰溜儿出去散步。阳光照着黑土路，光影柔和。冰溜儿亦步亦趋地跟在小主人身后，失去了往昔的威风，一副落魄相。它的右眼的确是极其难看，所以关小明看它时只盯着它的左眼，左眼透出的也是一派凄怨。它这种一蹶不振的样子大大地影响了关小明，他已经好几天不再练习顶碗了。他怎么能带着一条瞎眼的狗去表演马戏呢？剧场里岂不要哄声四起？可是他又无法撇下冰溜儿再去寻一条好狗，那会令冰溜儿痛不欲生的。它的灾难是他带来的。病后的冰溜儿是头一次出门，它耷拉着脑袋，尾巴垂着，每逢遇见过路人时人家都要问关小明："冰溜儿的那只眼睛真看不见亮了？"

关小明便很想扇对方一巴掌。可是问话的不是叔叔伯伯，就是姑姑婶婶，都是他的长辈。关小明便想若是碰上个同学这么问他，他一定把巴掌狠狠地扇过去。

关小明每每走得快了的时候，冰溜儿就会被落在后面，他便停下等它。它弱不禁风，走路有些一瘸一拐，关小明就忍不住训斥它："你坏的是眼睛，又不是腿，你一瘸一拐地干什么？"

冰溜儿连忙赶上来，呜呜地凄怨地叫几声，仿佛它受到责备是不公正的。一遇到过路人，它就把头垂得低低的，好像它那样子无颜再见任何人似的。

他们走到村口时突然遇见了背着捆草从地里回来的王雪晶。她穿着件白底粉色碎花衣服，头发上沾了不少褐绿的草屑。男女生在校时基本都互相不说话，但既然是在村口遇见了，又没有别的人看见，关小明就鼓足勇气问了句："你背草啊？"

王雪晶站住，说："我给兔子背点过冬用。"

"你怎么不用手推车往回拉？"关小明说，"背着多沉。"

王雪晶将肩上的那捆草"噗"的一声放在地上，说："兔子又用不了多少草，背两趟就够了。"就在干草落地的一瞬，一股好闻的草香气也蓬勃而出。

"你原来见着冰溜儿就特别害怕，你现在怎么不怕它了？"关小明问。

"你怎么知道我原来怕它？"王雪晶的一双杏眼晶亮晶亮的。

"我偷偷看到过好几次。"关小明说，"你一遇见它就使劲用手拽住书包带，你紧张得要命。"

"可是现在谁会怕它？"王雪晶说，"它都不会咬人了吧？"

"你试试，你踹它几脚，看看它咬不咬你？"关小明挑衅地说，其实他心里也没底，若是王雪晶真的踢它几脚，它也许连哼也不哼一下。

"我可不想欺负它，它都成了这个样子，怪可怜的。"王雪晶说，"这都怪你，让它跟着受罪，非要让它学接碗。"

"我是想让它跟别的狗不一样。"

"这下它还不如别的狗了呢。"王雪晶说，"你非让狗做人才能做的事，把它给害了。"

"可是别的狗怎么就行呢？"关小明委屈地说，"大明马戏团里的那条狗比它还小呢，不但能接碗，还能钻火圈。那里还有个女孩子，也跟你这么大，她又能接碗又能送碗，人家不也是练出来的吗？"

"我说不过你。"王雪晶俯身背起草说，"我得回家了。"

"我爷爷说你爷爷的碗模子好使了。"关小明说。

"我看过那个碗模子，快赶上洗脸盆大了，你能顶动那么大的碗么？"王雪晶背着草朝家去了。她养了一只兔子，是前年她父亲在山上捕到的。本来是想拿回来吃肉，可是王雪晶看它还活着，就央求父亲放了它一条生路。听说她给兔子取了个猫的名字，叫"咪咪"。

关小明带着冰溜儿来到窑上。冰溜儿连忙先找一处茂草来撒尿。爷爷正坐在地上吸旱烟，欣慰地望着他脱的那些碗坯。一看见孙子和狗，他就说早晨他到窑上时这里面落着一层密密麻麻的麻雀，当时轰也轰不走。关小明便说："那怎么现在一只也没有啊。"

"我让它们飞走了。"

"这里又没有什么好吃的，它们来这里干什么？"关小明问。

"我估摸着是来看碗坯子来了。我年轻脱坯时这里麻雀就多，原来窑场前面还有个水泡子，我还在那里打过水鸭子呢。"

"碗坯有什么好看的？"关小明大感不解，"它们应该喜欢谷子地，碗坯又不能吃。"

"人吃饱了饭还爱看个好看的东西呢。"关老爷子说，"就像你爸，天生就爱看画书。鸟还不是一样？吃饱了也喜欢看东西。它们最喜欢来窑上看砖坯子，它们认得。那时候一到要出窑的时候，麻雀子就多得张起网就能捕上个成百上千的，它们就喜欢看那砖从窑里出来变成了金红色。这么多年不烧窑了，它们想得慌。"

"它们见到碗坯子高兴吗？"关小明问。

"它们没见过碗坯子，只见过砖坯子，所以它们纳闷，当时赶也赶不走。后来我告诉它们这东西是干什么用的，然后又说它们什么时候进窑，什么时候出窑，让它们到时再来看，它们这才飞走了。"

"它们能听懂你的话？"关小明不信地说，"鸟又不会说人话。"

"那狗还不会说人话呢。"关老爷子说，"你说的话冰溜儿还不是句句听懂了？"

"那是因为它打小就跟我在一起。"

"那我打小就和麻雀在一块。它们就能听懂我的话。"

"可小时候认识你的麻雀早就死了好多年了。"

孙子的话使爷爷伤了心，他站起身迎着秋风走向西面的那孔窑。冰溜儿无动于衷地看着那些碗坯，仿佛看着自己灰暗的前程。那些碗坯的确如王雪晶所言，一个个大如脸盆，瓮头瓮脑的样子。关小明用手试着捏了一下已经半干的碗坯，结果弄下了一大块泥，使那个泥碗豁了个口。这使他对这些碗有了某种担忧。关小明蹲下身子抱着冰溜儿小声说："你说这碗坯子这么不结实，进了窑还不全碎了？"

冰溜儿大约还沉浸在失去右眼的哀伤中，所以无动于衷地看着小主人。其实秋收的这些天是关小明长大以来初次尝到痛苦的日子。王雪晶说得也许对，他让狗去做人做的事，使它在狗群中失去了它的绝对优势，而他的学习成绩也一落千丈。除了冰溜儿，他不可能再接受第二条狗，而一条瞎眼的狗怎么能进灯火辉煌的剧场呢？连日来他反复想着这个问题，矛盾重重。如果此时父母干涉他让他断了这个念头，他也许会就此为止。可他们什么也不说。而爷爷也大张旗鼓地在窑上干了一个秋天，碗坯子脱了这么多，说是要给他和冰溜儿用，可他隐隐觉得爷爷弄这些碗是为了自己。

关小明走到爷爷身后，说："这些碗这么大的个，都能扣住我的脑袋了。"

"可它们出了窑时就会变小了。"爷爷说，"窑火一攻它们就会收缩，颜色也会慢慢上来。"

一说到烧窑，爷爷就激情满怀。关小明有些失落地望了望天，然后说："就是烧成了碗，我也不练了。"

爷爷愠怒地看着孙子，仿佛自己受了愚弄。

"冰溜儿都成这个样子了。"关小明解释道，"爸爸妈妈碍着你，不敢说我。其实我知道他们怎么想。

我爸爸上次买回一摞碗又快碎没了。再说，真的练成了，我去哪里找那个马戏团？听说他们离城里还很远很远呢，坐火车也得好几天。再说，他们那里的小孩子从三岁时就开始练腰，我都十来岁了，光练顶碗人家也不能要。"

爷爷将目光放在碗坯上，现出无限悲凉的神态。

"我班有个同学还说，朝鲜人个个都能用脑袋顶着水罐走路，要是那样，他们国家还不得到处是马戏团了？"

"你不用这碗，还有人要用呢。"爷爷忽然搓了一把脸说，"王张罗的老婆那天傍黑时来过，要给她的小孩子弄个碗来使。"

"她的孩子还没生呢。"关小明说，"何况她生下的孩子能用上碗么？她生一个死一个。"

"你怎么这么咒人？"爷爷沉不住气了，"我看她这个孩子就能保住。老天爷也该可怜可怜王张罗了，成家这么多年了，连个孩子还没抱上，这也算人过的日子？"

"那你就给王张罗家的孩子烧碗吧。"关小明越说越失落。

"我就是不给她烧碗，也得为那群麻雀烧。"爷爷痴心地说，"我都跟麻雀说了，出窑时让它们来看碗，我不能说话不算数。"

关小明很想对着愚顽的爷爷笑几声,但一想到自己在别人心目中也一样愚顽的,就笑不出来了。

屋檐有了白霜,田野荒芜,牲畜都不愿意出栏了。人们也把土豆、白菜、大葱等蔬菜下到深深的菜窖里。关全和一个人忙得不亦乐乎,吴云华在屋子里烙葱花油饼。她是不敢轻易走进菜窖一步的,只觉得关全和前妻的魂还飘荡在菜窖里。这使她有一种奇怪的感觉,关全和每次顺着梯子下去取菜,她都觉得他是和前妻幽会去了,他出来后她就有些不爱理他。所以一到清明和七月十五她就加倍地给那个女人烧纸钱,想让她拥有使不完的冥钱而永远不思念关家的生计。然而吴云华却屡屡失望,因为关全和每次从地窖出来都面色红润,那神态很像与她亲热后心满意足的样子。而且只有关家的菜窖到了春天蔬菜还该绿的绿,该白的白,不失水分,也没有冻伤,不像别人家的菜到了半冬时分就烂菜帮子,水分大失。这使她更加相信那个跟她一样热爱生活的女人还在暗中帮助关全和操持着这个家。吴云华一边烙着油饼,一边还得看着不断沸起的小米粥。萝卜条咸菜放了花椒油和味素,勾起人的食欲。她每烙好一张饼就用盆扣起来,怕跑了热气。关全和一趟趟地进入菜窖,把该送进去的都送进去了。

这时他已经饥肠辘辘，急不可待地奔着香味而去。手都没洗，就捏起一张饼狠狠地咬了一口，赞道："真香，我一个人能吃五张！"

"也不洗洗你的老鸹手，不干不净的，还不得吃得养一肚子蛔虫？"吴云华用铲子将饼翻来翻去的。

"都晌午了。"关全和说，"小明怎么还没放学？"

"他刚才回来了，你没见书包撂在窗台上？"

"我怎么没见到？"关全和说。

"你能看见吗？"吴云华使劲翻腾着饼说，"你一进了地窖就不想出来。"

"别说咱家的地窖就是好，里面才爽快呢。挖了多少年了，一点泥坯也不塌，这真是奇。"

"当然是奇了。"吴云华赌气地用铲子敲了一下锅沿。

"小明这又是去哪了？"

"和冰溜儿出去了。"吴云华觉得自己跟死人怄气未免有些小气，于是就吁了一口气温和地说，"我看他是不想再顶碗了。冰溜儿瞎眼后不爱出门，他就领它出去到处转转，让它习惯习惯。"

"咱家的狗也太爱面子了。"关全和说。

"狗随主人嘛。"吴云华说。

"你是说它随我？"关全和说，"我才不在乎面子不面子呢，我这么大个男人天天看画书，别人肯定都要笑话，可我就爱看，才不管别人龇着大牙怎么笑呢。"

"可是爸在窑上干了一个秋天了。"吴云华将柴火往灶外撤了撤，"当初是为了让小明学顶碗才烧碗的，现在小明也不顶碗了，你劝劝他，让他回来算了。"

"爸这个人的脾气你又不是不知道。"关全和说，"他要干的事，非要一干到底不可。"

"我就是怕他干到底。"吴云华担忧地说，"要是真的烧出碗来那真是好，可万一烧不成爸怎么去见人？他都这么大岁数了，受得了吗？"

"那是他自讨苦吃。"关全和说。

"所以现在让他回来最合适。碗坯子又没进窑，就当是烧成了。"

"我看是劝不住的。"关全和说。

"你们关家人怎么都是不见棺材不落泪？"

"你就别瞎操心了。爸有烧窑的经验，估计能烧成的。"关全和指着锅里的饼说，"烙这么多干吗？就是再能吃也吃不了这些。"

"我想给王张罗的媳妇送几张去。"吴云华用不容置疑的口气说，"她那肚子，我看挺不到冬天了，我得过去帮帮她。"

关全和立刻觉得油饼不香了,他极其失落地走出屋子,恰好有群大雁嘎嘎叫着南飞,他就仰着脖子对它们说:"一年年南来北往的,也不知道哪好了,就知道贪图暖和,走了明年就别再回来了!"

吴云华知道丈夫的气缘自何处,她不由"扑哧"一声笑了,为了那些代她受气的大雁而惭愧。

碗坯子终于一个不落地进了窑里。关老爷子对烧窑充满信心。他初来窑场时周围还是起伏的绿色,如今已是萧瑟一片,他不得不穿上薄棉袄棉裤。开始烧窑的这天是个晴天,白太阳悬在空中,仿佛预示着前程一片灿烂,这使关老爷子心情很好。他点起了第一把窑火,柴火的缝隙间很快就被金红的火苗所缭绕。大地即将封冻,寸草不生,只有那孔向西的窑却蓄积了满腹能量,用它澎湃的热量温暖着大地。连着三天晚上他都没有回家,关小明带着冰溜儿每逢黄昏时就来给他送饭。冰溜儿对那孔窑总是流连忘返。爷爷明白孙子这一段是痛苦的,因为他的理想破灭了,他知道理想破灭的滋味。好在孙子年轻,他还会再有理想,所以他也不安慰孙子。接过儿媳做好的饭,赶紧放到窑火上再温一下,迫不及待地吃掉。关小明总是沉默不语地盯着炽烈的窑火,他的脸都被映红了。他每次离开爷爷要回家时总要说:"爷爷,用不用我留下来和你做伴?"

爷爷就说:"我这么大岁数了,还用人做伴?再说这窝棚里也睡不下两个人。"

爷爷临时搭起的窝棚呈"人"字形,很矮,是用粗柳条搭成的,上面苫了一层草,地面也铺着草和毡子。

"那就让冰溜儿留下陪你吧。"关小明说。

"你回家的路上还要和冰溜儿做个伴呢。"爷爷说。

的确,关小明返家时田野里已一片黑暗。关小明不再争执,因为他和冰溜儿的确无法分开。

吴云华果然去了王张罗家。那个家乱得像旧杂货店,吴云华第一天去就累得腰疼,她洗了一天的脏衣服,虽然王张罗不让,可他家的活实在多得像顶针的眼,不容谦让。刘玉香看见吴云华来了,兴奋得眼睛明亮。吴云华让她叠衣服,她就歪在炕沿慢吞吞地叠。她还向吴云华打听关老爷子的碗出没出窑,她生的小孩子能不能赶上用那里的碗。吴云华就感觉像是同三岁智力的孩子说话,只能哄着来。而在分娩前的危险期中,你只能百般讨好她,不让她发脾气,否则又将前功尽弃。王张罗给家里的门包上一层毡子，然后将咸菜缸挪进外屋地。吴云华又帮他腌了一缸酸菜，将窗缝用布条封好。王张罗感激万分，一天跑一趟商店，一会儿给吴云华去买罐头，一会儿又去买糖。吴云华便说："你挣那几个钱，将来还得养活老婆孩子呢，别去胡花了，我又不是外人。"

王张罗便不去商店了。他那几天给学生上课时精神倍增，嗓音也洪亮了，显得底气十足。别人都知道吴云华在帮助他，于是就有人私下和他开玩笑："后悔了吧？当初你嫌人家走道难看。"

这玩笑正划在王张罗的痛处，他无奈地摇摇头，一副追悔莫及的样子。

上午他在家看着刘玉香，下午吴云华就来了。虽然说刘玉香在孕期的下午喜欢睡懒觉，但一到分娩的前几天她就格外躁动不安，于是关键的几天王张罗把语文课调回上午，下午同吴云华一起守着妻子。刘玉香一会儿要吃肥肉酸菜粉，一会儿又要吃鲫鱼豆腐，急得王张罗抓耳挠腮。酸菜才腌上，一点酸味都没有；而鲫鱼只有城里的早市才有卖的，而且价格贵得惊人，一顿鲫鱼顶得上他半星期的薪水。然而为了孩子他还是豁出去了。那天四点多钟他就起了床，向邻居借了辆自行车，五点多钟赶到早市，恰好还剩下六条活鲫鱼，总共一斤三两，他把它们全部买下，又为她称了一斤精肉。吴云华调着花样为她做吃的，傍晚时还拉她的手出去活动活动。到了晚上，约摸九十点钟的时候，吴云华才千叮咛万嘱咐地离开王张罗家。她是不能陪她住的了，因为关全和威胁她说那样他会撞死在自家的菜窖里。吴云华也意识到陪住是不大必要，夜里让王张罗警惕着点就行了。

吴云华每次从王张罗家出来时都会在拐角的障子边碰到关全和。他每次都说是屋子里空气闷，出来透透气。吴云华知道他不放心什么，就上去拉着他的手说："看你——"关全和就势狠狠地捏着她的手，一迭声地说："我要弄酥了你的骨头，让你再瞎操心。"

他们手拉着手亲亲密密地朝家走。因为吴云华的跛脚，关全和同她一起走时也不由自主地跛起来。他们一跛一跛节奏和谐地走着，仿佛一股海浪在暗夜中层层叠叠地涌动。

关老爷子看着最后一缕窑火夷为灰烬，已是朝阳初升的时分。白太阳微微冒了一下头，周围的景色就由昏转清，由暗转明。他敛声屏气了好一会儿才听到麻雀吱吱喳喳纷纷飞来的声音。它们密密麻麻地落在坯场上，一个个黑黑的小点一排排均匀地挤靠着，远远望去像大算盘上的珠子。他知道它们来看什么了。他想他会让这些大算盘上的珠子噼啪响起来的,因为他丰收了。

碗窑里热气腾腾。他坐了很久很久,看着白炽的热气缕缕消失在空中,这才起身戴上手套去开窑。果然是一窑金红的东西闪现在他眼前,他不由得一阵晕眩,这种喜悦已经久违于他了。麻雀扑棱棱地从坯场飞起,将向西的那孔窑团团围住。他伸出手小心翼翼地抓起一个碗,结果他觉得那碗出奇地轻,放在眼前一看,竟是一个金红的残片。他失望地丢下它,接着去拿第二个碗,结果又是一个金红的参差的残片。

"碗烧碎了。"他悲哀地想。

他心犹不甘地一次次把手伸向窑里,结果进了他手中的没有一个是碗,只是碗的残片,不绝如缕的残片。它们那种金红的颜色比夕阳还绚丽,同样也比夕阳还要残酷。

麻雀围着碗窑旋转翻飞,发出吱吱喳喳的叫声。他知道他彻底失败了,一个秋天的成果完全滚蛋了。他非常想哭,难过得他像丧失了老伴的那个时刻。

"你们快走吧——"关老爷子颤声对着麻雀说,"我把砖窑变成了碗窑,可是我没能烧出碗来。"

然而麻雀并不飞走,它们仍然盘桓在那孔窑上。

关老爷子觉得这孔窑就是他的坟墓了。太阳升高了,晴朗使他心底的寒意更加强烈。他垂头坐在那里,一丝力气都没有了。他只能一遍遍地乞求麻雀快些飞走,后来它们果然从窑上飞下来掠过他的头顶,迅疾地消失在无边的天空中。他坐着,没有觉出寒冷,也没有觉出饥饿,甚至也感觉不出时间的存在。他想人若死了就是这种感觉吧。

"爷爷——"他听见有个男孩子的声音在叫他。他想那应该是关小明。可是又觉得声音不像,难道听力也扭曲了?

他不搭话,他的舌头发硬。后来一条狗上来用舌头舔他的手,他明白那是冰溜儿,它充满温情地唔唔呻唤着。那么跟随冰溜儿来的肯定是关小明了。

"爷爷,回家吧,我帮你把东西收拾回去。"孙子的声音怎么听上去都不像,细声细气的,这是怎么回事?

关老爷子终于抬起了头。结果他从孙子的眼中看见了泪水。

"爷爷,我不顶碗了,咱们回家吧。"

关老爷子把目光放在碗窑上,关小明也随着去看那孔窑,他到这的一瞬就已经感觉到了爷爷和碗共同的失败。

"爷爷，我真的不学顶碗了。"关小明带着乞求的口吻说，"天都这么冷了，咱们回家吧。"

"我没烧出碗来。"爷爷反复地说。

"也许是这里的土不行了。"关小明说，"再不就是窑里太潮了，都多少年不用了，那次我在里面避雨时都闻到发霉的味了。"

冰溜儿依然与小主人配合着一往情深地舔关老爷子的手，可他仍然僵直得像被谁给点了穴。

"爷爷，也许是王嘘嘘的碗模子打得不好。"关小明充分地找着形形色色的理由。"那么大的碗坯子，多难摆弄啊。"

关老爷子的心动了一下。他想或许真的是王嘘嘘的碗模子打得不地道。于是他声音沙哑地说："可是他打了两回呢。第二次的碗模子又挺好使。"

"那天我来窑上，在坯场随便拿起一个碗坯子，结果就碎了一块下来。"关小明说。

"当时你怎么不告诉爷爷？"

"那时都快进窑了，我说了也不管用。"

"可是我往窑里送碗坯子时一个也没碎。"爷爷说。

"也许是碎了，你不注意。"关小明说，"你老想着会烧出好碗，眼睛看东西时就往好处想，即使是碎的也当成整的。"

关老爷子觉得孙子是在批评他,说他夜郎自大,自欺欺人,不顾现实,他的喘气声有些急促了。

"如果不是碗模子出了毛病,那就是窑火不好。"关小明又一次找出一条理由。

"我烧了那么多年的窑,我知道什么时候火欠着,什么时候火过了,我不会犯这个过失!"

"我是说柴火不好,让雨给沤过一场,不那么好烧,窑火有时不旺。"关小明再一次请求爷爷回家,说是家里知道今天起窑,预备了酒菜。

"可是我没有烧成碗。"关老爷子几乎要哭了。

关小明见他找的千般借口也劝不回爷爷,就回家去请父亲,让冰溜儿仍然留在窑场陪爷爷。关全和一听满窑没一个好碗,就把画书撇在炕头,穿上鞋就往窑场赶来。软话说了几车,跪着求他回家,老爷子仍然纹丝不动。关全和只得回村去请王嘘嘘,说明了事情原委。王嘘嘘一拍胸脯说:"我保证能把这个死要面子的犟老哥弄回家。"

果然下午的时候王嘘嘘从窑场劝回了关老爷子。冰溜儿跟在后面也回来了。王嘘嘘和关老爷子开怀对饮,关全和和妻子在灶间忙得不亦乐乎。吴云华还惦记着晚饭后要去看刘玉香,她这两天嚷肚子胀,怕是要临产了。但又因为怕公公一时想不开,在家里还要陪着说些好话,一时间急得恨不能把自己一分为二,一个留在家里,一个去王张罗家。王嘘嘘喝得尿水泛上来,他抽身去厕所的时候,关小明偷偷问他用什么招劝回了爷爷。

王嘘嘘说:"我承认自己的碗模子不中用。"

"可是我也想到这一层了,爷爷也不回来。"

"傻小子,我说才管用,你说顶屁用!碗模子又不是你打的。"王嘘嘘说,"我跟你爷爷保证了,别人要说他没烧出碗来,我就说是我的碗模子害了他。"

"那你不怕丢人?"关小明问。

"我打了一仓库的红缨枪,都说过时了,我也没嫌丢过人。"王嘘嘘说,"要不你王爷爷我能这么胖吗?我这人心宽了。"

太阳将要落山时关家的筵席才散。原来是为了老爷子烧碗成功而设的,而今却成了为了安慰他的失败而归。好在王嘘嘘把一切罪责都包揽在自己身上。王嘘嘘喝得腿直发软,关全和不得不把他送回家中。吴云华连忙为公公烧了火炕,铺好被褥,让他好好歇歇乏。关老爷子也很想在火炕上美美地睡上一个长夜。

吴云华服侍公公上了炕,这才摘下围裙要去王张罗家。正待出门时,王张罗慌慌张张地来了,说是下午时他和刘玉香一起睡觉,一觉醒来后就不见了媳妇,村里的小道他挨条跑了一遍,连个影子也未寻着。

"这下小孩子又得给跑丢了。"王张罗毫不掩饰自己的泪水。

"别急,咱们出去找找看。"吴云华说,"她那么沉的身子,也跑不远。"

结果他们分头跑东家问西家地寻了个遍,人家都捧着饭碗说未曾见着,末了大家都关切地问一句:"她又要生了吧?"

吴云华也急得要哭了,她从王嘘嘘家唤回了关全和,让他帮着找;又唤关小明也出去寻寻。

关小明本不愿意为王张罗去找老婆,但一想到王张罗这么大岁数还没当上爹,脸色整日煞白煞白的,就有些同情他了。他抱住冰溜儿的脑袋对它说:"咱们出去找王张罗的媳妇吧,我可不知道她去哪里了,你要是知道,你就带我去。"

冰溜儿点点头,在前面跑着将关小明领出家门。它跑过一条小路,关小明便也跑过一条小路,他们这样接连跑了好几条路,累得关小明气喘吁吁,同时他却暗中庆幸冰溜儿自由天性的复活。他们来到村口,太阳已经向西了,那是轮血红的落日,它满腔热情地贴近地平线。田野里一片苍茫,小路变得有些模糊。

冰溜儿望着落日停顿了一下,然后就飞快朝窑上跑去,关小明一边在后面追赶一边说:

"那个傻媳妇不会去窑上的,你又带着我空跑路,咱们今天都去过一次那里了!"

冰溜儿依然精神抖擞地朝窑上跑,关小明只能穷追不舍。他在向窑场奔去的时候觉得除了冰溜儿在牵引着他外,还有那轮猩红的落日。他每多跑一步就感觉它离自己近了一些,像是谁拿个红绣球在跃跃欲试地抛向他。

他们赶到窑场时夕阳已经沉了一半,另一半仍然是猩红的。冰溜儿呜呜叫着围着窑棚转圈,关小明连忙跟过去,他闻到一股腥热的血气,他将头伸进窝棚,结果看见刘玉香躺在一片干草上,一个红润的婴儿在她的胳膊里轻轻蠕动。

"关小明,我就盼着来人呢,快叫你们王老师来,把我和孩子接回去。"

"你怎么跑这来生孩子了?"关小明吃惊地问。

"我本来是要给小孩来找碗的。等我好不容易找到一个好碗要回家时,这孩子就非要下来不可,我就在这儿生了。"刘玉香柔弱无力地看着她的孩子说,"他出来时那个哭哇——"

"我爷爷一个碗也没烧成。"关小明说,"你怎么找着一个好碗了？"

刘玉香朝她的右侧努努嘴，关小明果然在一片干草上见到了一只完整的闪着暗红光泽的碗。那碗完美无瑕，均匀的弧度，浑圆的碗口，敦实的底座，颜色艳丽而不失庄重，不像从窑里出来的，仿佛是由夕阳烧成的。

刘玉香这次平安产下一个七斤半的男婴。全村人都为之惊喜。她居然一个人顺利地在窑场生下了孩子，而且带回了一只金红色的碗。人们奔走相告，都称之为奇迹。据卫生所的医生说，如果关小明再晚到一个小时，刘玉香怀中的孩子可能会被冻死。当人们夸奖关小明时，他就如实说是冰溜儿带着他去的。于是冰溜儿的威名虽减，但美名倍增。

小孩子满月的那天，校长特意准了王张罗一天假，由他在家办一桌酒席。晚上时他将王嘘嘘和关老爷子请到家里吃酒。他想如果没有王嘘嘘的两串红辣椒，他的孩子不会有如此强的生命力，他想如果没有关老爷子烧出的那只碗，他的孩子也将像以前的一样夭折。而王嘘嘘和关老爷子并不在意去喝满月酒，他们都惦记着去看那只非同寻常的碗。他们果然在灯下与它相遇了，它弧度均匀，碗口浑圆，底座敦实，颜色艳丽而不失庄重，的确像关小明描述的一样。他们久久地盯着它，甚至都不舍得用手去碰一下，因为它太完美了。

"你这碗模子打得有多好。"

"你这窑烧得有多么好，就是过去的皇上也没用过这么漂亮的碗！"

王嘘嘘和关老爷子互相赞美着，他们恨不得将自己的眼睛嵌在碗上，每时每刻地看。后来王张罗频频邀请他们入座，他们这才恋恋不舍地离开碗，意犹未尽地坐在酒桌旁。

"这个孩子是靠你们二老的保佑才活下来的。"王张罗激动地举起一杯酒，说，"我代小孩子向二老求个名字。"

关老爷子本想推让，可王嘘嘘当仁不让地把给孩子取大名的权力揽在自己手中，说："他总不能也叫王张罗吧。"

王张罗其实叫王亭运，只因他总是为着没孩子的事操心，大家才唤他王张罗。

"你叫王亭运，你儿子就叫王福临吧。"王嘘嘘说，"从此以后福运到来。"

王张罗叫着"好"，又去求关老爷子给小孩子赐一个乳名。关老爷子虽然为着王嘘嘘抢了大名的风光有些不悦，但一想乳名有时比大名还叫得长久，于是就将王张罗敬过的酒一饮而尽,在弥漫的酒香气中热辣辣地说:"就唤他碗窑吧。"

王张罗同样叫了一声"好",然后去把孩子抱过来让二位老人看。他们看碗一样充满深情和怜爱地看着王福临,看着碗窑。王嘘嘘不由将头拱在小孩子的腿间,用嘴亲着他的小牛牛,连连说着:"羡慕死我了。"

1996年

鸭 如 花

泼淘米水的时候，徐五婆发现了逃犯。

以往从河畔被赶回的鸭子一进了门，就自动地排成两列，扭秧歌似的晃着屁股回鸭圈了。它们在户外戏耍了一天，凫了水，又吃了草丛里的肥美虫子，早已是心满意足了。所以从来不用徐五婆吆喝，它们纷纷归圈歇息，一门心思地养神，想给主人多生几个蛋下来。

然而今天这些鸭子却团团簇簇聚在鸭圈外，交头接耳着，窃窃私语着什么。仿佛鸭圈的干草变成了冰块，它们无法栖息了。徐五婆觉得蹊跷，就端着米盆去了鸭圈，看看是来了黄鼠狼还是野猫？不料撞见的却是个庞然大物：逃犯！

鸭圈很大，开着两个窗口，天色虽然朦胧，但徐五婆还是看清了躺在干草上的人。听到脚步声，他刷地坐了起来，目光直直地盯着徐五婆。徐五婆见他国字形脸，浓眉大眼却胡子拉碴，便想起了电视中通告的被通缉的五个逃犯，明白他是其中之一了。

徐五婆与逃犯对峙了足足有五分钟，直到外面的鸭子见徐五婆还不出来，一迭声焦虑地叫了起来。徐五婆首先打破了沉默，她问："你们几个逃散伙了？"逃犯没有回答。徐五婆又问："你最后想逃到哪儿去？"逃犯仍然没有回答，他跟跟跄跄地从干草上站起来，声音嘶哑地说："我饿了。"徐五婆见站起来的逃犯身材魁伟，头几乎顶着了鸭圈的棚顶。徐五婆说："我刚淘好米，还没下锅呢。"逃犯问："什么米？"徐五婆说："大米。""你要怎么吃？"逃犯又问。"煮粥。"徐五婆淡淡地说。"我要吃干的！"逃犯喊叫起来。

徐五婆嘟囔着："想吃干的你就好好说，你吵吵什么，吓着我的那些鸭子。"接着，她唤逃犯从鸭圈出来，说是鸭子在外面耍了一天，乏了，该进来歇着了。逃犯又声嘶力竭地叫了一声："给我宰只鸭子炖了！"

徐五婆焖上了米饭，又宰了一只鸭子。这只鸭子年纪大了，精神大不如从前，走路时总是落在最后，进食也愈来愈少了。到了河边，别的鸭子都扑棱棱地到河里玩去了，它却孤零零地趴在河岸上，无精打采地看着苍茫的河水，似乎它这老筋老骨的再也承受不了河水的清凉了。徐五婆见它活得艰难，早有让它及早解脱之意，只是没有一个能使她下得了刀的响当当的理由。

落霞散了，鸭子归圈了，天色徐徐地暗了，隐约可见天边出现了几颗星星。随着天空的星星越聚越多，这夜也会越来越深了。徐五婆虽只穿件背心，却仍是汗流浃背的。这只老鸭实在是太浪费柴火了。米饭早已熟了，而灶上的鸭肉却仍死死地裹着骨头，咬起来纹丝不动。逃犯等不及，他先吃了两碗米饭，然后喝了一碗鸭汤。他骂徐五婆是个吝啬鬼，给他宰了只老鸭，害得他一等再等。徐五婆一边应付逃犯一边想，自己怎么才能把逃犯交代出去？她巴望着有人上门，希望这小城里死个人，这样就有人来请她这个冥婆帮着去发丧。然而儿孙们平素从不登门，她与邻里也疏于往来，与她终日陪伴在一起的，只有那几十只鸭子。可惜鸭子并不是训练有素的，无法替她出去报信。

鸭肉的浓香味袅袅从锅缝欠出。徐五婆又出去抱了些柴火。她抱柴的时候，逃犯跟在她屁股后面，威胁说："你要敢去报案，我连你和你的鸭子全都宰了！"徐五婆低声说："你宰我便也算了，鸭子又没惹你,你把它们都宰了做什么。宰了它们,那河就是闲出来了,你也不能像它们一样天天去河里戏水。"

逃犯听了发出几声怪笑。徐五婆想也许他是许久不笑,一旦笑起来就有些走板。

徐五婆垂头看着灶坑里燃烧的柴火,对逃犯说:"这一顿鸭子,赶上我三天用的柴火了。"

逃犯问:"你家就你一人吧?"

徐五婆点了点头。

"你没儿子和闺女?"逃犯馋涎欲滴地掀了一下锅盖,掀得太急了,被喷薄而出的哈气着实给烫了一下,他"嗷——"地叫了一声,甩着那只被烫了的手,说:"你个该断子绝孙的孤老太婆!"

徐五婆沉着地反驳:"我可有儿有女呢!"

"你一定是平常让人烦得受不了,不然儿孙们怎么不跟你一块过!"逃犯凶恶地说。

"我是图清静!"徐五婆的声调也高了,"不然的话,我家里儿孙满堂,你还想指望现在坐在这里等鸭子吃?"

逃犯又一次怪笑起来,他脱下了身上那件沾满了灰土和草屑的衣裳,露出光光的脊梁来。他胸肌健壮,皮肤泛着油光,结实得让人觉得石头砸在他身上也会被弹回来。逃犯将脱下的衣裳用根柴棒挑了,扔进火里，对徐五婆说："给我找件干净衣裳！"

徐五婆撇了撇嘴，说："你是又要吃又要穿的，真难伺候啊。"说着，起身去了黑黢黢的小后屋，翻出一件过世已久的丈夫的一件灰布中山装，把它扔给逃犯。逃犯穿了，扣不上扣子，这衣裳瘦，而他比熊还健硕。逃犯说："这是谁的衣裳呀？"徐五婆说："是我那死鬼男人的。"逃犯啐了口痰，说："穿这么瘦的衣裳，人肯定是个病秧子，不早死才怪呢！"

星星像倾巢而出的蜜蜂一样飞舞在天空，空气骤然凉爽了。徐五婆家住在堤坝旁，离河近，能听得见水边青蛙的鼓噪声。鸭肉终于烂了，徐五婆盛了碗米饭，就着咸菜吃了起来。逃犯一边撕扯鸭肉往嘴里填，一边问徐五婆："你怎么不吃鸭子？"

徐五婆说："我跟它有感情，舍不得吃。"

逃犯说："我只听说人和狗能处出感情，没听说和鸭子还有感情的。"

"你没听说的事多了。"徐五婆抢白了他一句。

逃犯吃了一刻，又朝徐五婆要酒。徐五婆说家里只有冥酒，是给死人喝的。逃犯问这冥酒喝了能不能药死人，徐五婆说冥酒也是酒，怎么会药死人呢。逃犯就勒令徐五婆给他拿来一瓶。

徐五婆的冥酒是自制的，用罐头瓶装的，瓶顶封着黄色蜡纸，放在门厅的地窖里。这冥酒用的是当地小烧，里面泡了各种野花的花瓣、青草和树叶，色泽艳丽，清香扑鼻。徐五婆打开窖口，一股阴凉之气飘了上来。她下得窖里，提上一罐酒来。逃犯捧着酒罐，龇牙咧嘴地说："够冰手的，这地窖比冰箱还厉害哇！"徐五婆因为逃犯说出个"哇"字，忽然对他产生一种怜爱之情。她听到"哇"字，多半是从那些奶声奶气的小孩子身上。逃犯能说出"哇"，使她觉得他童心未泯。

逃犯启开封罐的蜡纸，嗅着徐徐漫出的酒气，说："活人都喝不到这么好的酒，给死人喝了多可惜哇！"逃犯从碗橱里取来一只蓝花白瓷碗，把酒倒入其中。他用一只手端着碗，先是美美地尝了一口，待他觉得这酒确实芳香沁人、甘醇清冽之后，就大口大口地豪饮起来。只三五分钟，一罐酒就见底了。逃犯的脸色先是红，接着就像马兰花一样的紫了。他用手抠出罐底被酒浸过的花瓣、青草和树叶，醉意蒙眬地问徐五婆，这是些什么鬼玩意，能泡出这么香的酒来？徐五婆如实相告。逃犯仰头哈哈笑了两声，说："为什么给死人的酒用这些东西来泡？"徐五婆说："我想着人死了，他最喜欢的人他带不走，他喜欢的家畜他也带不去，就给他带点花草树叶泡的酒，让他喝得飘飘忽忽的，就是下地狱也感觉是升了天堂！"逃犯举起那个酒罐，朝灶上砸去，他骂着："你个鬼老太婆知道什么是天堂什么是地狱！"酒罐粉碎了，徐五婆的心哆嗦了一下，她见不得酒罐破碎，感觉就像一个人的魂被击碎了似的，让她很难过。徐五婆想不如趁此将他灌醉，在他烂醉如泥之时，他会像羊一样乖顺地任其捆绑，届时他就别想再逃了。

徐五婆又一次打开地窖口，阴凉之气再次锐利地蹿出。她提上一罐冥酒，对逃犯说："喝个够吧，我看你太喜欢喝它了！"逃犯操起案板上的菜刀，他一步一步地逼近徐五婆，说："别跟我耍鬼花招，想把我灌得人事不省，你好到公安局去报案领赏！"逃犯抓破了徐五婆的背心，背心带的一侧断了，徐五婆一只松弛蔫软的乳房向下苍白地垂吊着，逃犯呆呆地看着那只干瘪的乳房，他扔下菜刀，忽然蹲下来蒙面哭起来。他哭得哆嗦成一团，令徐五婆震惊。她想也许是自己这只又老又旧的乳房把他给吓着了，他这种年龄的人见过的乳房都是丰满结实、坚挺高耸的。徐五婆连忙进屋脱下背心，找了件灰布褂穿上。她穿好衣裳，逃犯也跟到了屋里，他有气无力地坐在炕沿上，问徐五婆："外面警察多么？"徐五婆点了点头。"火车站和路口都有人盘查？"逃犯又问了一句。徐五婆又点了点头。她之所以点头，是想让逃犯觉得他已是瓮中之鳖，插翅难飞，乖乖地投案自首算了。

"你想往哪儿逃？"徐五婆说，"前天你们从看守所一逃出来，你们的照片就上了电视，全城的人没有不认识你们的。"徐五婆这点没有撒谎。昨天晚上，她赶回鸭子，一边吃饭一边看电视。电视里正播着电视剧，说是一位老汉养了四个儿子，可这些儿子一个比一个缺德，老汉上谁家谁都不给他好脸色。正演到老汉被三儿子撵到街上想撞车自杀的时候，画面突然变成了一片蔚蓝色，接着上面跳出了三个红色大字：通缉令。徐五婆认得的字比墙上贴的年画还少，她不明白这是什么意思，难道说那倒霉的老汉撞车后升入了碧蓝碧蓝的天空，化成了三个红字？如果真是的话，徐五婆想那三个字一定是"我冤屈"。然而跟下来是小城电视台的女播音员的声音，她的声音非常清脆，就像鸭子击水的声音。她说："全城人民请注意，现在插播重要消息。昨天深夜，有五名犯罪嫌疑人由看守所逃出，他们分别是——"播音员声音停顿的时候，那三个红色大字忽然变成了一个人的头像照片，接着画外音再次悦耳地传来："周光洞，男，四十二岁，身高一米六七，体重八十二公斤，圆脸，豁唇，涉嫌强奸幼女。"徐五婆朝那电视画面上的人像吐了口口水，骂："真是该千刀万剐！"然后她兀自叹息道："你糟践了小姑娘，让人家将来怎么嫁人？"正当她愤愤不平的时候，第二名逃犯的头像出现了，他涉嫌盗窃。等到第三个头像出来，徐五婆见那人相貌不俗，且只有二十一岁，怎么看他的脸面怎么觉得可惜。他浓眉大眼，唇角是圆的，鼻梁挺直，英气逼人，可他却涉嫌杀人。另两名逃犯一位是入室抢劫的犯罪嫌疑人，一位是绑架儿童勒索的犯罪嫌疑人。通知告诫广大市民要提高警惕，遇到逃犯要及时报告，不许窝藏，否则依法律严惩。看完电视，素不闩门的徐五婆破例把睡房的门闩拉上，她可不想让生活节外生枝。她在搬过枕头睡觉的时候狠狠拍了下枕头，说："早些年怎么没这么多犯人？这些年人都学坏了，哼，要糟践小姑娘，要绑架孩子，还要杀人，这些个浑蛋！"骂过逃犯，徐五婆又骂看守所的看守，说他们全都是吃屎的，怎么能让逃犯从自己的眼皮子底下溜走呢？看守是不是喝酒去了，或是搞女人去了，再不就是打麻将去了，要不就是收了犯人的贿赂了，不然这些犯人又怎么跑得出来呢！

  徐五婆看了看挂钟，已经快午夜时分了，往常她早已睡了。逃犯找来一根绳子，把徐五婆的双手双脚绑住，像扔一截木头似的把她抱起掷到炕头，然后对徐五婆说："我和你一个炕睡，我睡炕梢！"徐五婆说："我又跑不了，你绑着我睡觉，我能睡熟么？"逃犯呵斥了一声："少啰唆！"接着逃犯把门闩好，关了灯。

徐五婆动弹不得，她在黑暗中诅咒青禾街的那几朵"老葵花"，他们干吗一朵也不耷拉呢？"老葵花"是徐五婆对青禾街那几个爱晒太阳的老人的称呼。他们七八十岁了，眼神不好了，腿脚不利索了，吃东西也不香了，整天跟葵花似的围着太阳转，一有太阳就搬着小板凳坐在了门口，太阳往哪儿转，他们的头就往哪儿转。在徐五婆看来，他们早就该喝着冥酒上路了。他们活着不能养猪，不能放鸭，唯一能做的就是晒太阳，这种活跟死又有什么区别呢？若是今天能有一朵老葵花耷拉下脑袋，老人的儿孙们就会上门来求徐五婆去帮助料理后事，那样逃犯就能自然而然地被发现。徐五婆最厌烦的是那朵老葵花，他八十多岁了，走路离不开拐杖，原来是这小城一家饭店的厨子。徐五婆年轻守寡时，他曾从饭店带着猪头肉来敲徐五婆的门，要和她上床。被徐五婆拒绝后，他就恶毒地四处放风，说徐五婆耐不住寂寞，和她家的公狗搞在一处，被人看见了。徐五婆家确实养着条公狗，是为了防止别人来偷鸭子的。这公狗身高体壮，毛色油光，威风凛凛的，从不枉咬人，看家守鸭从未失职过。徐五婆见谣言越传越广，只得把狗勒死了。然后她在众目睽睽之下把这条死狗拖到青禾街厨子的家门口，吆喝厨子出来，让他把这狗葬了，否则她就把他想占她便宜的事张扬出去。厨子早已吓得两腿瘫软，只能点头答应。他把狗拖到河岸的柳树丛葬了。从此后，徐五婆只要看见厨子，就要想起那条为了她的清白而丧命的狗。她盼望着这个混账透顶的厨子早些死掉。每每经过青禾街看见他老眼昏花晒太阳的时候，徐五婆都要冲他说一句："你还不快死了去见见我的狗，跟它赔个罪？"

徐五婆听着青蛙的鸣叫声，想着究竟该怎样能摆脱逃犯。她认出了他是通缉令中第三个出现的人，是个杀人犯。她不知道他杀了什么人？为什么杀人？正当她胡思乱想的时候，逃犯突然说话了，他问："我现在去铁峰镇，能走得过去么？"

徐五婆想铁峰镇离小城最近，不过是五十里路。那里的警戒不见得比这里松懈。你若想飞蛾投火、自取灭亡岂不更好？于是徐五婆说："你现在往那里走，穿过河滩贴着山走，警察兴许就不会发现，这样明儿天不亮你就到铁峰镇了。"

逃犯沉默了许久，突然软绵绵地说了句："可我累了，从逃出来的那天我就腿发软，老是想往地上坐，我怕走不到铁峰镇了。"

"你可以去火车站雇个车呀！"徐五婆热情地给逃犯设置陷阱，"我给你二百块钱，你去火车站雇个车，也就是八十块钱吧，就能跑一趟铁峰。余下的钱你可以买一包烟抽，买点吃的打打牙祭。我知道，下半夜一点有趟火车经过，不少等活的出租车都停在站旁，你去了准能雇上。"徐五婆热情洋溢地说着，这时她觉得心不那么郁闷了，已有拨云见日之感。岂料逃犯冷冰冰的一句话又把她推入了深渊："你明明知道火车站有警察，还让我去那里雇车，这不是让我去送死么？我不怕死，我也该死，可我死前得成功地回一趟铁峰，不然我死了也合不上眼睛！"

徐五婆暗自叫苦不迭，想着这个逃犯实在难以对付。他会不会杀了自己呢？徐五婆想也许他会，他已经杀了一个人，再杀一个又何妨？坏事就不能有个开头，一旦有了，接连做坏事就仿佛是顺理成章的事了。徐五婆想这也是许多罪犯从监狱出来后，还会再度入狱的一个原因。她想自己死了也没什么，主要是那些与她朝夕相处的鸭子没人来经营，让她难以瞑目。谁还会在晨露初起时给它们喂食？谁还会在黄昏时去河畔接它们回家？这样一想，徐五婆就有些伤感了。她想为什么逃犯说他该死,可死前必须回一趟铁峰镇?徐五婆便问:"你非得回铁峰,为的什么?"

逃犯沉默着,徐五婆想他也许睡着了,可她却听不到鼾声。她试着动了动,可是无能为力,她仍是待在原处。她想人真是没用的东西,一根绳子就能把你弄得像被扔进屠宰场的猪一样无可奈何。

逃犯说:"我回铁峰,是为了到父亲坟上给他磕几个头。"逃犯顿了顿,突然带着哭腔说:"我杀了他!"

逃犯对徐五婆说,他本不想逃出来的,可他同其他逃跑的四人同在一个囚室,他们非要让他一同跑不可,否则就把他的舌头咬掉。逃犯说他也想在死前去跟父亲忏悔,他在看守所里夜夜都梦见父亲和他的食杂店。

"你父亲在铁峰开着食杂店?"徐五婆问。

逃犯说:"对,那食杂店很小,可我父亲很喜欢这店。他隔三差五就推着手推车去上货。刮风下雨的时候,看着他在风雨里拉不动车的样子,心里真不舒服。你别看我五大三粗的,我随的是我妈,我父亲他又矮又瘦。"

"你杀了你父亲,那你妈呢?"

"我没杀我妈,她是自己死的。病死的,死了七年了,是肝癌。死前疼得她满炕打滚,一阵明白一阵糊涂的。"逃犯大声咳嗽了一下，骂了句："癌症可真不是个东西！"

"那你家就没别的兄弟姊妹了？就你一个人？"徐五婆问。

"我有个姐姐，嫁到内蒙去了。她嫁的那人比我还穷，嫁出去后根本就没钱回娘家了。我妈死的时候，她写来了一封信，说是人都死了，回来也只是哭哭，不顶什么用。她信上说邮点钱给我父亲。后来那邮单到了，我一看是一百元钱，一百元钱如今能算是钱么！"逃犯说起钱来显得义愤填膺的。

徐五婆毫无睡意了。河边的青蛙已不叫了，也许青蛙叫累了，睡在湿润而芳香的青草中了。徐五婆听着墙上挂钟发出的"滴答滴答"声，觉得它们就像雨滴一样，给她的心头注入了某种湿润之气。她悄声慢语地问逃犯，既然他挺心疼父亲，为什么把他杀了？

逃犯说："我原先在铁峰镇的筷子厂工作。后来不让生产一次性的筷子了，我就下岗回家。回家后每个月只领一百五十元钱，能够喝粥就不错了，就得靠父亲养活。我没活干，待着心烦，就跟社会上那些不三不四的人混上了，学会抽烟和赌博。没有钱用，我就朝他要。他要是不给，我就抢钱匣子。那天也是合该出事，天下着大雨，我打了一天麻将，输了五百多块钱。赢家非要让我拿现钱来，要不他们以后就不和我玩了。我回了家，朝父亲要钱。那时天已暗了，雨还没停，食杂店里一个顾客都没有，父亲就没舍得开灯。我一进了那昏暗潮湿的食杂店就不痛快。空气真是糟糕，他又卖醋，又卖咸菜和臭豆腐的，熏得我直想吐。我把灯打开，让他把钱全都拿出来。父亲说，你整天在外面游手好闲的，这样混下去非学坏不可，干脆跟我一起经营食杂店算了。我一听就火了，你知道都是些什么人经营食杂店么？不是像我父亲这样五六十岁的人，就是那些絮絮叨叨的家庭妇女。我这么年轻，难道一辈子就交代给这么个跟茅房一样又小又臭的破店？我骂了父亲……"

徐五婆咬着牙打断了逃犯的话，说："你怎么骂他的？"

逃犯说："我骂他是茅房里的蛆，是垃圾坑里的老鼠！"

徐五婆"啧啧"了两声，说："你的嘴也真够黑的！"

"骂过父亲，我喝了一瓶啤酒，让他把钱拿出来。父亲就指着我手中的空酒瓶说，你想要钱，除非用这酒瓶把我的头给打开花了，不然你一分钱也别想得到！父亲瞪圆了双眼，气得浑身发抖。我觉得他那样子简直可憎极了。就说，你别以为我不敢杀你。父亲就从柜台后面走过来，指着我说，你有本事你就杀了你爹啊，这个爹不是蛆和老鼠么，留着有什么用！不过你得明白，还亏得这蛆和老鼠养活了你，不然你就到街上喝西北风去吧！父亲的话的确使我气疯了，他太瞧不起我了，我就举起酒瓶，朝父亲的脑袋砸去，砸了他足有十几下。他东摇西晃着，最后满脸是血地倒在了地上。"

"他当时就死了？"徐五婆倒吸一口冷气问。

"我想是吧。"逃犯说，"父亲倒地后，我到外面的雨里站了许久。后来被邻居王大妈看见，她打着伞给我送来了件雨衣，问我为什么站在雨里，我就告诉她我把父亲杀了。王大妈有心脏病，她听我说完就吓得晕在雨里了。"

徐五婆说："就为了这么点事，就把你父亲给杀了？"

逃犯没有吱声。

徐五婆又说："你真的是想回铁峰给他上坟？"

"要不是的话，从看守所逃出来，我怎么会不跟着他们几个一起跑呢！我特意落在最后，就是想单独行动。我跑到河边，看你家离河近，就溜进了你家仓棚，在那儿待了两宿。今天早晨见你赶着鸭子出门了，我就进了鸭圈，那里面的干草躺上去可真舒服哇。"

徐五婆问："你给你爹上过坟，悔了过，你还想去哪里？"

"到公安局自首去。"逃犯恹恹无力地说，"我该为父亲偿命的。"

徐五婆沉吟良久，说："要真是那样的话，我会想办法帮你逃到铁峰。"

"他们通缉我们的时候悬赏了是么？"逃犯说，"到时你把我交出去，就说你在河边放鸭子的时候抓到了我，还能领几个赏钱。"

徐五婆被激怒了，她骂道："我不缺这种钱花！再说了，电视上也没有悬赏！"

逃犯忽然冷笑了几声，他说："没悬赏就好，别人就不会那么热心地记住我的相貌。也许我在街上走，也不会被人认出来。我在这城里就认识两个人，他们一个是修自行车的，一个是开幼儿园的，平时都不出门的！"他的语气颇有欣喜之意了。

逃犯的一番话，已使徐五婆对他的恐惧感逐渐减淡。心里一放松，倦意如潮水一般涌来，徐五婆连哈欠都没来得及打一个，就像顺流而下的小舟一样轻松如意地进入梦乡了。她在梦里见到了已故多年的丈夫，他正神情活跃地穿着白大褂查病房。他的身后，跟着几个仙女一样的女护士。醒来的一瞬,徐五婆兀自骂道:"在那里过得挺风光么!还带着几个小妞!"

天已亮了。阳光把窗帘布上的花影给映在墙上,使那白墙上的花朵显得清雅脱俗,就像白百合花一样。徐五婆想起了昨晚发生的事情,她一骨碌从炕上坐了起来,朝炕梢望去。那里没有逃犯,只有一捆盘好的绳子像蛇一样安静地卧在那里。徐五婆这才明白她能顺利地坐起来,原来是绑着手脚的绳子已被除掉了。她想逃犯一定是趁她熟睡之际溜了。他还算是个有良心的,没忘了给她松了绑,而且还为她拉上了窗帘。因为徐五婆清清楚楚记得,昨夜她被绑起来的时候,窗帘还是收束在墙角的,她透过窗口看见了夜空中的星星。那时她还想星星若是人变成的就好了,就会飞进她的窗口前来搭救。不过徐五婆听说只有这世上的重要人物死后才会化作星辰。倘真如此的话,徐五婆想那就更别指望他们了,重要人物一般都是指点江山、结交不凡、历经荣华富贵的人,又怎能管她这俗人的小事呢。

徐五婆看着墙上的花影怔了许久。她开始为逃犯担心,他从这里真的能逃脱得了么?他能回到铁峰镇么?徐五婆想应该赶快下炕,把鸭子放到河滩后,她就到街上望望风声去。这城里只要风吹草动,你都不用打听，从几条主要街道一走，什么都能获悉。那些走街串巷卖豆腐的妇女、街头剃头棚里的师傅、卖冰棍的老太太、下了夜班遛街的更官、推着架子车收废铜烂铁的人，只要这城里出了什么事，他们都能很快知道，并且在街上频频向过路的熟人传递这消息。

徐五婆比以往起得迟，她想鸭子一定饿极了。徐五婆在穿鞋的时候忽然听到灶房里有噼啪噼啪的火声传来。柴火但凡烧到旺处，总要迸发出这寒冰乍裂般的声音。徐五婆觉得奇怪，她顾不得穿另一只鞋，三步并作两步走到灶房。只见逃犯团身坐在灶坑前，柴火烧得蓬蓬勃勃的，锅盖的缝隙欠出缕缕哈气。逃犯听到脚步声，回了一下头，望了徐五婆一眼，又转回头来，用炉钩子拨弄了一下柴火，使灶里飞旋着无数颗红荧荧的小火星。他说："我看见筐里有鸡蛋，就敲开了六个，蒸一小盆鸡蛋羹吃。我还馏了两个馒头，我看它们都干巴了。"

徐五婆一时不知如何回答是好。她想着和儿子儿媳一起住了五年，没见儿子给她做过一顿饭，这样一联想她就无限感动，很想痛哭一场。

逃犯又说："鸭子我已经喂过了，我在仓棚找到的鸭食。可我不敢出门把它们往河里放。它们好像等急了，一个劲地在那儿叫呢。"

徐五婆推开窗户，果然听见鸭子焦急地叫着。又是个大晴天，每一缕阳光都那么雪白、纤细、明亮，就像新的饵线一样。只是不知太阳下了这么多的饵线到大地上，究竟想钓什么东西？想来草丛中的露珠是被它钓走了，因为阳光一下来，它们就神秘地消失了。徐五婆想太阳也许把这露珠当成早餐给吃了。

徐五婆对逃犯说："你先吃吧，我放了鸭子就回来。"

逃犯徐徐地从灶台前站起来，他的目光放在徐五婆身上，充满了乞求和哀怜。

徐五婆说："你别怕，我不会趁放鸭的时候去报案的。昨晚我都说了，你要是真的为了悔过给父亲上坟，我会帮你的。我还会让你拎一罐冥酒给他喝。我说话算数。要是不算数的话，现在是雨季，常常要打雷的，就让雷公把我劈成两截，一截扔到茅房里，一截扔到垃圾堆上，我也没怨言。"

徐五婆很感激逃犯帮她把鸭子喂了。逃犯没有把鸭食对上菜叶，鸭子不爱吃，所以鸭食还有剩余。徐五婆想它们吃得半饱这才正确，出了门后有许多美食等着它们自己寻觅。草滩上的蚂蚱，在杨树叶子上因为睡迷糊了而坠下来的又肥又美的虫子，河水浅滩处柔软的鱼苗，以及水葫芦的阔叶，水洼旁腥气弥漫的湿泥，它们都可尽情享用。

鸭子们看见了徐五婆的身影，纷纷抖着翅膀叫了起来。它们那欢欣鼓舞的样子，仿佛是与她久别重逢似的。徐五婆的腋下夹了根又光又亮的木棍，吆喝鸭子出圈。鸭子争先恐后地往出挤，翅膀挨着翅膀，有的被挤疼了，就耸着脖子急切地叫了起来。待到它们全部走到院子，空间广阔了之后，一个个便心气和顺了。

徐五婆家住在堤坝西侧，而河流在坝的东侧。这条堤坝原先只是窄窄的一道土堤，上面长满了茅草，后来河水暴涨了几次之后，这堤年年加固，久而久之就变宽变高了。沙土覆盖了堤坝，使荒凉的茅草不复存在了。鸭子爬堤坝长长的斜坡时，徐五婆总是为它们叫苦不迭。心想若是没有这道堤坝就好了，鸭子会一路欢叫着跃入河水。她总是把这堤坝和绝育手术莫名其妙地联系在一起。在她看来河水一旦冲出河床、疯狂地四处漫溢的时候，说明河发情了，它有了怀孕的信息了，而这条冰冷的长堤则把它的热情逐渐消解为零，使它归于河床。那么这道长堤无疑就是给河流做了干脆利落的结扎手术。她想人是自私的，怕洪水冲垮了自己的房屋，就建一道堤坝，全不管河流控制不住激情而无法释放的那种种浓浓的哀愁。

鸭子爬上堤坝，在坝顶喘息片刻，就像一片云似的漫下草滩。坝下的草滩有矮株的杨树和柳树，此外还有一些浅的水洼。鸭子们上午通常是在草滩上玩，它们有喜欢野花的，就用鸭嘴抚弄草滩上的花。它们不太喜欢那一片片的小黄花，大约以为自己的嘴就和它一个颜色，见多不怪了。它们喜欢的是茸嘟嘟的紫色马莲花和球形的粉色带着浓密黑点的花，这花被当地人称为卵子球花。过了草滩，就是又白又亮的河水。鸭子一般是在午后燠热难耐时下河凫水。它们在水中优游的姿态，看上去就像一朵朵绽放的莲花。

徐五婆放鸭，腋下总是夹着这根木棍。这棍子的一端是黑的，那是被纸灰熏的。徐五婆帮着人哭坟烧纸时，用的就是这根棍子。她放鸭的时候其实从来用不上这根棍子，可她就是喜欢夹着它。

徐五婆见鸭子全部到了草滩，就返身回家了。她进了院子，惯常地把棍子戳在墙角，然后进了屋里。灶里的火已落了，鸡蛋羹被吃了一半，另一半摆在灶台上，几只苍蝇在那上面跳来跳去的。徐五婆想逃犯一定是怕来生人，躲到鸭圈去了。她这样想的时候，逃犯从外面进来了。徐五婆对他说："你不用往鸭圈里藏，我儿子从不登门，要是这城里不死人，别人也不会上门的。警察都知道我是个冥婆子，是跟死人打交道的,都懒得理我,好像我是阎王爷,见了我就会丢了一半的魂似的。"

徐五婆把铁盆上的苍蝇拂走,拿了个汤匙,把余下的鸡蛋羹吃了。她说:"看来你平时是不做饭的,这鸡蛋羹蒸得太老了。"

逃犯问:"我该叫你什么?"

"叫我徐五婆就行。"徐五婆说,"要不就叫我冥婆子。"

"你儿子为什么不回来看你?"他扬了扬头问。

徐五婆抹了一下嘴角,说:"他从这里搬出去后,原来隔三差五还回来看看我。后来他在造纸厂下岗了,没工作干了,到街上蹬'板的'出苦力去了。他回来跟我诉苦,我就说他下岗下得好,这个造纸厂早就该黄。他就呸了我一口,从那以后就不回来看我了。"

逃犯说:"你怎么能那么说他?下岗的滋味就像听医生说你得了癌症,太让人绝望了。"

徐五婆说:"那个造纸厂没黄的时候,一天到晚往河里排污水,河水不是白的了,是黑的了,还有臭味,弄得鸭子都没法下河了。"

逃犯明白了徐五婆为什么那样跟儿子说话,原来是为了鸭子,他不由捧着脸笑了起来。他捧着脸笑,大约是怕笑声传得太远,岂料笑声哪能捧得住呢!

徐五婆吃过早饭,把逃犯领到向北的小后屋,以前那是丈夫居住的小屋。它只有六平方米,一铺炕就占了半个空间。炕上摆着口油漆斑驳的木箱,里面装着丈夫的一些遗物,衣服、眼镜、笔记本、钢笔之类的东西,徐五婆当年没舍得把它们烧掉。她之所以没烧掉,是想从这些旧物件中发现他自杀的蛛丝马迹,然而她一无所获。炕下的北窗前摆着一张木桌,桌前的椅子还如从前一样放着徐五婆亲手做的椅垫。桌上有个简易书架,摆了三摞书,书的纸页已经泛黄,让徐五婆觉得这纸跟秋叶没什么区别,一旦让风吹拂久了,就变脆了。这些多半是医学书,书中有一些人体图形,有的是全部的,有的是局部的。书桌上还摆着瓶早已干涸了的钢笔水、几只曲别针和一只黄色格尺。这一切,都按他活着时的样子摆设着。徐五婆在这三十年中,每周都要把这屋子清扫一次,因而虽然屋子有些昏暗,但是窗明几净。

这间小屋的窗口只有一米见方,窗外有两棵高大的稠李子树,它们的浓荫几乎遮住了整个窗口,使这窗户就像镶了密密麻麻的绿翡翠。树的背后是一片菜圃,种了些豆角和倭瓜,再往后,就是柞木栅栏。倭瓜爬蔓爬得浪漫,一直攀上栅栏,将它金黄色的喇叭形状的花开在高处,使追逐它的蝴蝶也得高处随缘。

逃犯一进这小后屋就喜欢上了它，因为它给人一种无与伦比的安全感。在整套房子里，它很不起眼，连着灶房，别人会以为这是放置粮油食杂的小仓库。

徐五婆对逃犯说，这些天他就住在这里，待风声不紧了，她再想办法让他逃出去。这一段她出门，会把屋门锁好的，只要他不擅自出门，不会有人知道的。

逃犯坐在桌前的椅子上，他望着窗外的稠李子树，然后指着那上面圆圆的青碧的果实说："什么时候它们能黑了呢？"黑了，喻指稠李子熟了。这果子熟时不像其他果子是红色的，而是黑亮黑亮的，甘甜极了。

徐五婆说："上秋它就变黑了。不过要想着它熟透了，好吃了，就得等到下霜后。待叶子哗啦哗啦地落了，树上只剩下了果子，这时你去吃它，甜味足足的，没法说了。"

逃犯忽然低下头说："那时我就死了。"

徐五婆的心为之一沉，她没说什么。

逃犯用手划了一下桌面，然后将指尖沾上的些微灰尘举到眼睛下仔细地看，对徐五婆说，他入狱之后，闲得无聊，常常用手指头沾上灰尘，放到放大镜下看。放大镜里沾了灰尘的手指头就像花朵一样，美极了。这放大镜是一个出狱的犯人临走时留下来的，他一直藏在枕头里，没有被看守发现。他曾想若是想在里面自杀，唯一可利用的工具就是这个放大镜。把它砸碎了，用锐利的玻璃碴去割手腕，血一流干，人也就完蛋了。可他发现，沾上了灰尘的手指头在放大镜下让人百看不厌，粉红色的手指肚就是花朵娇嫩的底色，而灰尘则是花朵的花瓣，他就不想着自杀了。他觉得如果自杀的话是赎不了罪的，父亲因为他的不仁不孝而死在他手上，他必须接受来自正义一方光明正大的审判，遭万人唾骂去死，这样他会轻松一些。

徐五婆说："好了，这些天你就别想着被你杀死的老父亲了。你在这屋里养养神，烦了就翻这桌上的书看。我不认几个字，看不懂这些书。你不要把书弄折页就行了。我男人不喜欢给书折页。"

逃犯问："他死了多少年了？"

"三十年。"徐五婆说完，只觉得这三个字像石头一样，沉甸甸的。这石头的外表还裹着霜雪，冰凉刺骨。

"他是做什么的？"逃犯又问。

"你看看他的书，就知道他是做什么的了。"

"他是怎么死的？"逃犯又问。

徐五婆说："你刚才说想把放大镜摔碎了割腕，他就是割腕死的。他是自杀！我琢磨了三十年了，不明白他为什么要那么干！"徐五婆面颊潮红，她显然是激动了。

逃犯说:"我那天逃出来,在你家仓房猫了小半宿后,第二天上午其实我溜进了屋子,是从你里屋的窗户进来的。我见屋里都是老摆设,没有化妆品,墙上也没有挂照片,灶房里只有一双筷子,炕上团了件破了的花背心,门口只摆着一双老女人穿的鞋,我就知道,这屋子的主人是一个孤老太婆。"

"你以为一个孤老太婆好对付,就留了下来?"

逃犯点了点头,接着说:"我唯独没有发现这个小后屋,我看见灶房后面的这个门,以为里面是个小仓库呢。"

徐五婆关上门,对逃犯说,她要到荣光街的一户人家给一个人做丧服去,这人三十多岁,得了绝症,据说挺不过仨月了。她说中午时人家会留她吃饭,让逃犯自己吃点剩饭。中午千万别在灶房生火,不然烟囱一起炊烟,会引起邻居的注意。徐五婆说她夏季时中午从不点火,邻居们都知道她这个习惯。她一般是把剩饭用开水泡泡,然后洗点青菜生着蘸酱吃。

徐五婆到园田中拔了几棵葱,摘了一捧小白菜,又揪了两根黄瓜,舀了一碗生酱放在灶台上。她离开家门的时候,逃犯回头对她说:"晚上你早点回家吧,我没法去河边赶鸭子回来。"

除了经营雨具的商家之外，大概所有的商贩都喜欢晴天。城中央的主干街道上到处都是小商贩的摊床。这边卖炸麻花，那边卖酱菜和烧饼。肉铺的伙计两手油腻地冲过往行人吆喝："来买肉啊，新鲜的猪肉啊，要肥有肥，要瘦有瘦啊！"他这边话音刚落，一个推着架子车的妇女的吆喝声又起来了："豆腐啦——新压出的豆腐啦——"卖豆腐的吆喝声还没停，吆喝冰棍和炸土豆条的声音又掺杂进来。街上人来车往，尘土飞扬。单说是车，别看是小城，形形色色的车都有。进口的有三菱、丰田、宝马等，国产的有捷达、富康、夏利、桑塔纳。破烂不堪的几近报废的面包车、运货的重型卡车、手扶拖拉机和人蹬的三轮车，等等，无不在骄阳的街上或快或慢地行驶着。好车除了城里领导的专车外，就是那些暴发户。这样的车在街上跑得速度最快，神气十足，司机大都得意洋洋的，好像这汽车喷出的尾气就是香水似的。开得慢的夏利和捷达多是出租车，他们眼观六路，为的是拉上客人。而人力三轮车都支着一个能防晒又防雨的篷子，篷下相对着有两排木制坐椅，坐椅上通常包着棉绒垫子，人们把这种车叫做"板的"。蹬板的是清一色的男人，老少均有。老人的生意不如年轻人的好，因为他们蹬得慢。蹬板的的年轻人都是下岗工人，他们浑身有的是力气，正无处释放，板的蹬得也飞快。这种车车费很便宜，在城里转也就是一两块钱，很远的路程才收三块钱。城里的人都喜欢坐板的，一则便宜，二则风光，能坐在上面望街景并且和熟人打招呼。徐五婆的儿子大柱，就是这庞大板的队伍中的一员。如果天气好，蹬板的的人能够早出晚归吃得起辛苦的话，一天少说也能挣十块二十块的。一个月下来，靠着出臭汗，收入个三百五百不成问题。然而这行业是季节性的，冬天一到，雪一来，寒风吹得人在户外待不住，上街的人谁还会坐板的呢。坐上不到五分钟，你就会被冻得手脚发麻。所以一到夏季，这些蹬板的的人就像蜜蜂格外珍惜花季一样，拼了命地工作。他们的脸被太阳晒得发黑，脸颊流着热汗，似是要把车蹬飞了才甘心。徐五婆坐上一辆板的，听着背后蹬车人沉重的呼吸声，不由微微叹了一口气。

街上的店铺一天比一天多。一阵鞭炮声响起，又一座铺子开张了。只见店门口放着几只花篮，一只天蓝色的饭幌子明亮地招展着，看来新开的是家回民饭馆。这城里其实回民并不多，不过吃牛羊肉的老百姓却越来越多了。说是吃猪肉会使人动脉硬化，而食草的牛羊肉食之则没有大碍。徐五婆不明白为什么现在的人活得这么娇气，还挑食，愈挑愈出乱子，这城里的人三天两头就有中风的。傍晚你到街上走一圈，能看见很多遛弯的人是那些腿脚不利索、口斜眼歪的人。徐五婆不明白现今的人为什么这么好生病。她刚来这里的时候，兴许是人烟稀少的缘故，要是听谁得了癌症或是心脏病，那就算是一大新闻。现在正好是倒过来了，若是谁没有沾上点毛病，那才是新闻呢。徐五婆坐在板的上胡思乱想着，看着路边店铺上花花绿绿的牌匾，忽然想起了三十多年前她跟着丈夫来到这里的情景。

那时这里只是个小镇。从医学院毕业的钟如雷回到老家，按他母亲之意匆匆与徐五婆完婚后，就带着新婚妻子北上，来到毕业分配的地方。徐五婆还记得那时这里不通火车，他们在丰城的火车终点下车后，又坐了五个小时的长途汽车才到这里。两家国营商场、三家粮店、一所学校和一家卫生院，就是这小镇的全部了。钟如雷在卫生院当外科医生，是唯一一名从城市高等学府毕业来的医生。卫生院那时规模很小，在小城南侧，只有二十几名医生。徐五婆没有工作，她就在家里像当地人一样养了一头猪，还养了十几只鸭子。钟如雷喜欢吃鸭子，怎么吃都不腻。因而每年的除夕小镇的人家都炖鸡图个吉利时，徐五婆家的锅灶里却是用慢火煨着鸭子。那时的大学毕业生待遇真不错,来到这里之后,立刻就给分了房子。房子靠近河畔,有两间,风景优美。徐五婆在房前屋后开垦了荒地,种植菜蔬。钟如雷一下班回家,热气腾腾的饭菜就摆在桌子上了。

钟如雷比徐五婆小三岁,他个子不高,偏瘦,沉默寡言。回到家里吃过饭后就独自去散步,风雨不误。他散步时,从来不带徐五婆,他也很少和徐五婆说话。徐五婆当时想他是书读得太多了,要是他不常出去走走,也许满脑子存的那些字就会在里面嗡嗡地闹,让他不得安生。徐五婆家和钟如雷家是邻居,两家大人早在他们孩提时就为他们定好了亲。钟如雷上了大学后,徐五婆就主动承担了照顾钟家的责任。钟如雷一毕业,他们就如期结婚了。不过婚后徐五婆发现,钟如雷对男女之事表现得十分淡漠,每半月至多与她同房一次,而且都是在她不是排卵期的时候,所以婚后好几年徐五婆一直没有怀孕。她有好多次想问钟如雷,难道也是学医久了,看惯了人体,对她的身体才不感兴趣?然而徐五婆终究没有启齿,她觉得这问题会让丈夫难堪。

钟如雷在家里喜欢独处,而且喜欢狭小的空间。那间小后屋就是钟如雷自己动手分隔的。他说灶房太大了,不如给他分出一间书房。于是他请来一个瓦匠,去窑厂买了些砖，用了两个休息日把这间小屋建成了。他一个人待在里面无声无息的时候，徐五婆总是手心出汗，她就到灶房去找活干，把已洗过的碗再洗一遍，把水壶用灶底灰擦得晶晶亮。钟如雷听得响动，就会探出头来看徐五婆一眼，徐五婆这才长吁一口气。

钟如雷在这小镇工作三年后，他的声誉与日俱增。这里冬天较长，冰雪覆盖了小镇时，由于道路大滑，摔伤骨折的事时有发生。以往的外科医生只会做些简单处置，逢到需要手术的，就得把病人转往丰城。这样一则使患者医疗费用激增，还往往因耽搁而贻误了手术时机，落下终生的残疾。钟如雷来了之后，他大胆进行外科手术，使患者免除了奔波丰城之苦。而且他手术的成功率可以说是百分之百，从来没有失误的时候。院长郭明昕对他格外赏识。然而好景不长，当徐五婆怀孕的时候，钟如雷的厄运也来临了。"文化大革命"已经开始，它渐渐波及到这座偏远小镇。钟如雷被列为斗争对象，一是因为他业务能力强，被列为"白专"典型；二是因为他大学时写过一首名为《秋风》的诗：

秋风起了，
秋叶哗哗地落了。

红色的落到屋顶的白霜上，
　　渴望着大雁把它带到南方；
　　黄色的落到谁家的灶房上，
　　预备着成为晚炊的柴薪。
　　我倚树回望故乡，
　　听秋叶哗哗地落。
　　这哗哗声像谁的眼泪，
　　又像是谁的叹息。
　　如果没有这秋风，
　　我又能去哪里听这美丽的凄凉呢！

　　这首诗发表在钟如雷所在的那所大学的校刊上。"文革"初始，一位革命小将发现了这诗，说这首《秋风》诗难道不是污蔑新中国么！什么"眼泪、叹息、白霜、凄凉"，这不是说新中国的人民生活不幸福，处处是凄凉么！这不是反动又是什么！于是，小将把这事反映到钟如雷母校的造反派那里，他们一看《秋风》也都疾呼"反动"，说是竟然有人敢写这等凄凉曲，好像他生活在水深火热的旧中国似的！于是一纸讨伐檄文寄到小镇卫生院，院长郭明昕读后大惊失色，《秋风》一诗的影印件也附在其后。信上说在你们那神圣的卫生战线，隐藏着一个十恶不赦的敌人，他反对新中国，宣扬没落思想，是我们不共戴天的敌人，必须挖出他，斗争他！郭明昕也觉得《秋风》这首诗写得过于忧伤，但他还是从中读到了一种美的感觉。迫不得已，郭明昕只得揪出了钟如雷，每周开一次批斗大会斗他，不过暗中还是保护他，大型的外科手术仍由他主刀。院里的医生斗争他时也是象征性地走过场，人们对钟如雷的人品和医术都钦佩之至。这样，钟如雷从来没有受过肉体的摧残。至于精神上的折磨，只要看着钟如雷眼角突然涌上的细密的鱼尾纹，便可想而知了。徐五婆记得那几年钟如雷回家后更加沉默，他总孤独地待在小后屋里。烛光常常在后半夜才熄灭。那时的小镇供电限时，晚上九点就回电了。徐五婆不得不给他备下蜡烛。有时怕他彻夜不眠，徐五婆就买那些细的蜡烛，它燃烧时间短，每晚她只给他一支。没有细蜡烛卖的时候，她就把粗蜡烛拦腰斩断，她希望凝聚在蜡烛上的时间越少越好。儿子出世后，钟如雷高兴了一段时日，他会怀抱孩子冲儿子扮鬼脸。所以若是钟如雷房间的烛光亮得太久了，徐五婆不敢前去劝阻丈夫早些歇息，她就会狠狠心，把熟睡的儿子掐醒，孩子因疼痛而从梦乡中醒来后总是惊天动地地哭一通。这时钟如雷就会过来看看孩子，徐五婆便趁机对他说："这么晚了，吹了蜡，睡吧，啊？"然而徐五婆万万没有料到，钟如雷却突然自杀了。他死在卫生院。那天是他值夜班。他躺在值班室的床上，床单已被割腕时溅出的鲜血染红。徐五婆不明白他为什么要这么做，就是说他不爱老婆孩子的话，也该爱爱他的那些病人吧。他死后郭明昕把徐五婆安排在卫生院当勤杂工，后来又让她做太平房的看守。也就是从那时起，她学会了扎纸花、做寿衣、哭坟等丧葬冥活，久而久之人们就叫她"冥婆"了。后来镇卫生院的规模逐渐扩大，郭明昕也退休了，徐五婆被其他的勤杂工顶替回家。她就在家养鸭，把鸭蛋腌了卖了维持生计。谁家出了丧事，或者逢到清明节、阴历七月十五的鬼节和除夕时，徐五婆还去帮着哭坟，换得一些零用钱，日子过得倒也从容。有时医院的妇产科接下了死婴，就会有人通知她去埋死孩子，埋一次是二十块钱。徐五婆把死孩子埋在废弃的气象站旁的草坡上。一到夏季，那草坡繁花似锦，比别处都显得明媚。

　　徐五婆一旦想起往事，眼神就飘忽了，以致已走到了荣光街的尽头。她连忙吆喝板的停下。蹬板的人擦着额上的汗说："你再不吆喝我也停下来了。你说来荣光街，我都蹬到头了，你还不说去哪一家。"徐五婆叹了口气，付了车钱，又走了一段回头路，到了要做活的人家时，这家的女主人已急得在门口张望她了。

徐五婆见这个患了绝症的男人正坐在炕上嘻嘻笑着看电视。她想起了那天晚上因插播通缉令而被掐断的电视剧，不知那老汉最后撞车了没有，便问那病人。病人一抬头笑着说："我家电视和你家电视还不是一样？要掐就都掐了，我也没看完全。照我看，那老汉就不该寻短见，好死不如赖活着！"接着，他和忙着展开黑布的妻子议论那几个逃犯，说听人讲他们其中有个人溜到一户人家，强奸了一个上了岁数的女人。徐五婆的心不由"咯噔"了一下。病人说："准是在里面憋得时间长了，连上了岁数的老女人也睡了，你说干干巴巴的有个什么睡头！"徐五婆忽然很反感这个重病在身的人了。他看上去悠闲、自得、无耻，徐五婆想也许他知道来日无多，才尽情享受，言行无忌。

徐五婆喝过茶，给那病人量了尺寸，开始坐在炕上裁剪寿衣。她问病人的妻子，她男人哪个地方得病了，那女人低头轻声说："是肠癌。"徐五婆便不再问了。她见病人很消瘦，想他死时可能更会骨瘦如柴，就给寿衣又缩了下尺寸。正做着，忽然听见大门响，病人的妻子朝院子张望了一眼，急切地冲丈夫说："快点，他们来了！"只见那病人飞快地关掉电视，一骗腿上了炕躺下，头朝着墙壁，闭上眼睛佯睡。来的人是两男一女，那个女人手里提着一网袋水果。而两个男人都很胖,他们看上去很严肃,倒像是来吊丧的。病人的妻子一见他们,眼泪就哗哗地流下来了。她一边给客人倒水一边哽咽地说:"从打他知道得了这病,人就改成这样了,不吃不喝的,也不跟你说话,一天到晚只是躺着,亏着你们这些领导还想着他。"那女人哭得更甚了。来者都颇为同情地叹息着,其中一个梳着背头的人说:"你早晨打来电话,说王明开始绝食了,让我们来劝劝,我们就把手头的工作都放下了。王明是我们的职工,我们不能见死不救。"说着,他起身慢慢走到王明那里,很谦卑地俯下头,就像打量熟睡的婴儿一样看着王明。这时病人的妻子从炕上越过徐五婆拍了一下王明的肩膀说:"王明,你醒醒,单位的领导看你来了!"王明有气无力地摇晃着脑袋哎哟叫着起了身。徐五婆见他这回确实像个绝症患者了,他面色萎黄,眼皮耷拉着,喘着粗气,似乎不日将西去了。他用虚弱的语气指着徐五婆说:"你们也看到了,我的丧服就要做好了。"说完,他还掉了几滴眼泪。来者连忙争先恐后地说,别难过,坚强些!接着,王明下地哆哆嗦嗦地从桌子上的抽屉里取出一沓票据,递给领导,说:"这是丰城医院关于我癌症的诊断和手术住院时花的费用。"这时那个女人问:"一共多少钱?""一万四千二百多块。"王明皱巴着脸说,"我死了倒没什么,别给老婆孩子再扔下一堆饥荒。看病的钱,我都是借的。死前我总该把这钱还上。领导给看看,能给报销多少?"梳背头的人沉吟一番,说:"按规定每年都给你们补贴了三百元的医疗费,单位不该负责再多的了。但咱们也有一条,凡是得了晚期癌症的都给报销百分之七十。"王明一晃脑袋,他拍着炕沿声嘶力竭地说:"我就是晚期啊!你们也见了,丧服都做了,就差选坟地了!"来人经他一说,又都把目光放在徐五婆身上。徐五婆用针划了划头皮,什么也没说。

来人与王明就报销一事达成一致意见后,他们三人就走了。他们走后,王明又打开电视眉飞色舞地看了起来,而他的妻子则愉快地哼起了小曲。徐五婆这才恍然大悟王明并未得绝症,那诊断一定是假的,那费用也许是花了钱虚开的。而她在这个日子被叫来,也一定是他们精心策划好做给那几个领导看的。徐五婆觉得自己被愚弄了,她愤怒了,将丧服撇在一旁,穿鞋下地,准备回家。王明的妻子大惑不解地说:"你还没做完丧服呢,怎么现在就走?"徐五婆冷冷地说:"他又死不了,我不在这儿帮他装相了!"王明急赤白脸地站起来说:"谁说我死不了,我就要死了!"徐五婆没有理他,头也不回地走出了王明家。外面阳光如瀑，正是日上中天时分。徐五婆很想念她的那些鸭子，便坐着板的来到坝下，下车后步行到河边。她远远看见了那些在水面上一朵一朵浪花般跳跃的鸭子，她的心顿时就明朗了。

徐五婆整整一个下午都和鸭子待在一起，她也不觉得饿。鸭子戏水时，她就坐在河边觑着眼看天上的白云。徐五婆养鸭年头久了，渐渐地把什么事物都和鸭子联系在一起。比如天空，在她眼里就是个大鸭圈，而云彩则是鸭子。鸭子有白有黑，乌云是黑鸭，而白云则是白鸭。这鸭子同人间的鸭一样有肥有瘦的，有干净的有肮脏的，有懒惰的有勤快的。晴天时，天上的鸭子大都雪白、肥美，而阴天时，那鸭子又黑又瘦，肮脏不堪。天上的鸭子吃些什么呢？徐五婆觉得阳光是水，它们渴了会喝阳光。而星星则是鸭食，它们金光灿灿的，比稻米还要诱人。有时天边堆积着一些烂草莓似的晚霞，徐五婆也把它们想像成鸭食。至于天上的鸭子去哪里戏水，毫无疑问，它们要去的就是银河了。

鸭子从河里上岸转移到草坡后，徐五婆也跟到了那里。鸭子啄食，她就择了片柔软的草地躺下，舒舒服服地睡了。等她醒来时，太阳已经向西了，鸭子在浅水洼中吃湿泥中沤烂了的草。徐五婆茫然地看了看四周的景色，觉得有些饿了。她想不如就此早些把鸭子赶回家，省得她再来一趟。然而无论她如何吆喝，这些鸭子就是不走，徐五婆急了，骂了它们几句。鸭子与徐五婆处久了，知道这骂人的话是什么意思，因而满心不快地撅着屁股往坝上走，才走到坝中央，它们又不动了。徐五婆想也许是时候太早，而她又没有在腋下夹着木棍，所以它们才情绪反常。徐五婆叹了口气，先自回家。

逃犯正在小后屋翻桌上的书，听见灶房有响动，他探出头来，对徐五婆说："我想等你进了屋再点火，饭还没做呢。"

徐五婆很淡漠地"哦"了一声。她先是洗了把脸，然后泼了洗脸水抱柴生火。

逃犯见徐五婆神色异样，颇为紧张地跟在她身后，一遍遍地朝门口张望，唯恐徐五婆把他给交代出去了。其实徐五婆只是因为王明夫妇谈论一逃犯强奸了个老女人的事而感到怏怏不快。见徐五婆沉默不语，逃犯愈发心慌，他问徐五婆："这街上警察多么？"这下倒把她给问住了。因为徐五婆一路上都在回忆钟如雷，早就忘了细心观察街上的警备状态，于是她说："我忘了看了。"逃犯铁青着脸，他靠近菜板，那上面横着一把菜刀。徐五婆看透了他的心思，就说："你不用拿刀比量我，我没撒谎，我坐在板的上时，真的忘了注意这街上有没有警察。我光是想我那死鬼丈夫了。"徐五婆叹了一口气，分外落寞地说："也真是，他死了三十年了，说想就想起他来了。"

逃犯这才有些狼狈地用手搓了搓脸，讪讪地离开案板。徐五婆问他："你自己在家没看电视？"逃犯说："没有，我怕看电视。"徐五婆说："你看你的，没有事的。大门我都锁上了，不会有人进来的。"逃犯犹豫了一番，然后吞吞吐吐地说："我怕看着看着，电视里会跳出来通缉我的照片。"徐五婆笑了："哪有人还怕看自己的。"

怕逃犯吃稀的半夜会饿，徐五婆特意贴了一锅玉米饼子。待饼子出锅后，她见天色已暗，就夹起墙角的木棍，到河边去赶鸭子。她的身影一出现在坝上，不用她吆喝，这些鸭子就抖着翅膀踉踉跄跄地从坡下往上走了。在昏昧的天光中，这些在绿草上浮动的鸭子给人一种无与伦比的美感，仿佛一朵朵优雅的云在飘拂。徐五婆走在头里，这些鸭子浩浩荡荡地跟在身后。一个放羊归来的老汉对徐五婆说："冥婆子，你行啊，养这么多鸭子，还不得天天炖鸭子吃！"徐五婆吐了一口痰，说："我要是天天吃鸭子，你还不得天天宰羊吃！"想来羊也是听得懂人话的，它咩咩咩地叫了起来，停住脚步不向前走了。老汉顿了一下牵羊的绳子，说："你不用瞎叫唤，我宰了你，谁供我羊奶喝？"那羊却仍是不走。老汉急了，说："啊，你看这鸭子长得美，想娶一个回家啊？"徐五婆已经赶着鸭子下坡了，听了老汉的话，不由"扑哧"一声乐了。她回头说："你家能抒下奶的羊还能娶鸭子，亏你说得出口，真是老糊涂了，公母不分了！"

鸭子入圈后，徐五婆吃过饭，收拾停当了灶房，就打开电视看了起来。逃犯回了小后屋，从里面断断续续传来几声咳嗽。徐五婆想他也许是前两天待在仓房里着凉了，就想着看完电视烧碗姜汤给他喝。

徐五婆正看在兴头上，忽听屋门"吱扭"一响，似是有人进来了！徐五婆非常慌张，因为她已经闩好了院门，除非这人翻过栅栏，否则是进不来的。徐五婆关掉电视机，迎上前去，一看竟是王明！王明提着个塑料袋，脸上汗津津的。他见了徐五婆就发牢骚："都说你不闩院门的，今天怎么闩了？害得我跳障子进来，好悬没把我的腿摔折！"说着，把那个沾了不少灰土的塑料袋扔给徐五婆，说："你看你上午走得急，工钱没要，晌午饭也没吃，这让我的心能得劲么？"王明做出一副悲天悯人的样子，指着塑料袋说："我虽然病成这样了，还是强撑着起来，到烧鸡铺给你买了只鸡，孝敬孝敬你。"徐五婆知道王明为什么而来，于是就冷冷地说："你放心，我不会上你单位说你的实病去！"王明的脸立刻就涨红了，他昂着头，语调激昂地说："我的实病怎么了？那不明摆着么？我是癌症！丰城医院的诊断揭在我手里呢！"徐五婆说："你这病，早晚都得露馅。人家也不是傻子，你要是老不死，谁还不会起疑心！"王明被激怒了，他说："啊，难道癌症都得死么？我战胜了癌症，谁又能说什么呢！"王明的话音刚落，从小后屋又传来了逃犯的咳嗽声，这咳嗽声比先前的一阵要剧烈得多。徐五婆连忙把电视机打开，把音量放大。王明似乎明白了什么，他悄声对徐五婆说："我明白你为什么闩门了，原来你家藏着人！还是个男人！我听到咳嗽声了！"徐五婆说："你听错了，那是野猫在叫！"王明走到电视机前把音量关小，这时那不识时务的咳嗽声又清晰地从灶房传了过来。王明摇头笑着对徐五婆说："没想到你年纪大了，还在家养个小白脸，你这老天巴地的还行么？！"徐五婆呵斥道："你再敢胡说，我就上你单位说明你没得癌症，你弄假的药条子骗公家的钱！"王明说："那我就告诉全城的人，说你老了老了还在家养汉！""我没有养汉！"徐五婆声嘶力竭地喊道，"打我男人死后，我守了三十年的寡，从来没有让别的男人碰我一下!"说完,徐五婆觉得分外委屈,她不由哭了起来。

逃犯这时忽然握着一把菜刀面色阴沉地进来了。他举着刀,慢慢地靠近王明。王明已吓得哆哆嗦嗦,面如土色。逃犯咳嗽着,这咳嗽声就像火焰一样,似要把纸一样单薄的王明烧成灰。徐五婆见状止住了哭声,她对逃犯说:"他有老婆有孩子的,你饶他一命吧。"逃犯说:"他污辱你,说你养小白脸,他怎么能污辱一个好心人呢!"逃犯已经逼到王明面前了。王明在极度惊恐中已经认出了这个照片上了通缉令的逃犯,他"扑通"一声跪在地上,给逃犯作揖说:"都怪我嘴下无德,以后我再也不敢这么说徐五婆了,求大哥饶我一命吧!""我饶了你,你转身出去就报案,想领点赏钱回家喝烧酒,对不对?"说着,逃犯踢了王明一脚,把他踢得直晃悠。王明声泪俱下地说:"我佩服你还佩服不及呢,怎么能去报案呢。你不知道,我最佩服那些能从监狱里逃出来的人,这样的人有本事。要是搁在旧社会,那都是能占个山头当寨主的!再说了,人哪能平白无故就犯罪呢,这里面定是有冤屈!"王明说完,又把头转向徐五婆,说:"求求徐五婆了,我不会去报案的!让这位大哥手下留情吧。我有把柄攥在你手里,就算你也有一个攥在我手里,咱们刚好是两清了,谁也不欠谁的了。我要是不遵守诺言,就让我家破人亡！"说完，他颇为坚决地猛掴了自己几耳光。

徐五婆想王明确实有短处被她掌握着，料他也不敢去报案，于是她就对逃犯说："既然这样，你就放他一条活路吧。"王明千恩万谢地磕着头，央求逃犯把刀放下，不然他见了刀就抬不起腿来。逃犯又一次踢了王明一脚，说："滚吧！"

王明哆哆嗦嗦地站了起来。逃犯这才发现，王明跪过的地方已是一片湿迹，他是吓尿了裤子了。逃犯对着王明的背影说："要不是因为徐五婆给你说了情，今晚你就等着穿丧服吧！"

王明走后，徐五婆埋怨逃犯不该咳嗽，更不该出来。逃犯说他也想忍住咳嗽，可是实在是忍不住。他听见王明污辱徐五婆，心里难受极了，他说宁可被当场抓住回去坐牢，也不能任人这么说她。徐五婆叹了口气，指着王明丢下的塑料袋说："里面有只烧鸡，你拎屋里吃去吧。""吃烧鸡最好配着啤酒！"逃犯咂了咂嘴。徐五婆说："我累了，没法给你买啤酒去了。""那我就喝罐冥酒吧。"逃犯带着乞求的口气说。

逃犯住了三天，徐五婆已经暗中打算早点打发他上铁峰，她不满意他要求她做的两件事。一件事是关于鸭子的。逃犯提出要留一只鸭子在家和他做伴，说是徐五婆和鸭子一走就是一个白天，屋子里太寂静了，让他害怕。徐五婆想一个来日无多的人提出的要求最好还是满足他，于是就丢下一只白褐色的鸭子。这只鸭很能吃，跑起来也风快，但奇怪的是看着它青春气十足，可就是不爱下蛋。它能一周下一次蛋，那就算是恩赐徐五婆了。徐五婆对这只鸭子一直不太喜欢，觉得它天生就是和自己作对的，因而把它留下来和逃犯做伴。知道逃犯怎么让它做什么？他在小后屋有限的空地上用木棍搭了一个徐五婆此生见过的最小的鸭圈，把鸭子囚在里面。那空间狭小得鸭子在里面调个屁股都困难。徐五婆为此很不满意，觉得逃犯是在虐待鸭子。这鸭子吃食喝水时必须把头从木棍的缝隙中探出来，逃犯让它吃多少就吃多少。有时它才吃了几口，逃犯就把盛着食的铁皮盒子挪开，害得鸭子伸长了脖子无奈地叫。徐五婆想也许逃犯是把鸭子当成在看守所的他一样对待了。他在报复一只鸭子。另一件令徐五婆分外反感的事情是，逃犯让徐五婆扮演刽子手的角色，让她拿着刀往他的脖子上比量，他想试试自己究竟害怕与否。徐五婆如此比画了两次之后，就满心嫌恶了，她对逃犯说："到你死时不会是这么个死法，法警会冲你开枪，不用刀。"徐五婆知道法警是干这个的。她有一个老邻居，原来在公安局当法警，这城里只要有人被判了死罪，基本是由他行刑。他枪法好，基本是能一枪令人毙命。然而有一次他手怯了，连开了三枪罪犯才死。从法场归来，他来到徐五婆这里，问她死去的人会记恨他么，他让人家死时遭了罪，不是一枪毙命的。徐五婆细问，才知这死刑犯是个漂亮女人，在法场上她对着站在对面的几个执枪的法警笑。法警在执行枪决时通常是三个人，有两个做陪衬，而指定其中之一开枪。举枪时三个人都瞄准。老法警说这个女犯老是冲着他笑，使他心里发毛，想着这是她最后的笑了，就想让她笑完，可她的笑却止不住，仿佛凝固在脸上似的。这女人毒死了婆婆，因为她过了门后婆婆老是挑剔她，这也不是，那也不是。老法警觉得一个人没笑利索了就开枪打她，实在有些不人道。徐五婆就劝慰他，说是人带着笑死，不是件坏事情。阎王爷见她满面春意，也许会宽宥她在人间犯下的罪。这老法警退休之后，就到河南的女儿家养老去了。走前他来和徐五婆道别，说他不能在这里过晚年，他杀的人都在这里，退休后夜里老是梦见那些死鬼，怕他们找他讨债。他远走他乡后，鬼魂自然不会跋山涉水地跟着了。徐五婆跟逃犯说过法警会用枪结束他的生命后，逃犯非逼着徐五婆去买一只仿真玩具手枪，让她用枪瞄准自己。徐五婆没办法，花了二十几元买了一支跟真枪模样不相上下的玩具手枪，站在逃犯对面，一次次地向他瞄准。徐五婆不止一次对他说："你何苦现在一遍遍地受这罪，到时你一闭眼睛，子弹一飞过来你就解脱了。"逃犯这时会脸色惨白地冲徐五婆吼道："我要演练好了，到时我可不能吓尿了裤子！"在逃犯的设计中，他在去法场的囚车上一定要面带微笑，要大声对围观的人群说："我错了，我不该杀我父亲，我该死！"所以这两天除了演练枪决的场面之外，逃犯常常在小后屋独自慷慨激昂地说着这话，就像一个演员在反复背台词似的。

　　雨是傍晚时下的。开始是淅淅沥沥的，后来就山呼海啸一般下得汪洋恣肆了。雷声闪电在黯淡的空中此起彼伏出现，使玻璃窗忽明忽暗的。徐五婆见天完全黑了，就拿了二百元钱来到小后屋，想打发逃犯在这个雨夜出逃。她一进那里，被囚的鸭子伸长了脖颈冲徐五婆哀怨地叫着，似乎在乞求她把它给解放了。徐五婆刚要开口说话，坐在书桌前的逃犯忽然转过身来对徐五婆说："这种天我走不了。"徐五婆便说这等恶劣天气，料街上不会有警察，逃出去岂不易如反掌？逃犯却反驳说："我走只有两条路，一个是沿着河岸进入山林，从山里摸索着去铁峰；另一条路就是到火车站租辆车。可是这两条路在今天都行不通。这种雷多厉害啊，我在树林中走，还不得让雷给劈了？这种天租车去铁峰，哪个司机敢去，那路肯定滑得没法走了！"徐五婆心想你还挺惜命的，看来是并不太想死。

又一阵雷声响起，玻璃窗被震得哗啦哗啦地响。逃犯问徐五婆，你说我死后托生成什么比较好？徐五婆想都没想，脱口而出："鸭子！鸭子多美啊，能在草里玩，还能下河凫水。"逃犯不由笑了，他说："鸭子活得太短了！"徐五婆毫不犹豫地说："那就托生成只王八！"逃犯这回笑得更甚了，他目光直直地盯着徐五婆，突然很动情地对她说："你年轻时一定很漂亮。"徐五婆说："我不漂亮，要是漂亮的话我男人怎么会自杀呢？"说完，她的心就凄凉了。的确，钟如雷去世后，徐五婆不明白他为什么会自杀，曾一度认为是自己长得丑。她洗澡的时候少，吃东西发出粗俗的咀嚼声，睡觉时常常发出鼾声，这一切大约都使丈夫感到嫌恶。逃犯说："兴许我能帮你找到他自杀的原因。"徐五婆立刻就情绪饱满了，她很孩子气地说："真的么？你能弄明白他为什么死？要是那样的话，我就让你在我家里多活一阵子！我知道你没结婚，那天你看到我的老乳房时还哭了。要是你能帮我把事情弄清楚，我就花钱叫个小姐来陪你睡一次，我徐五婆说话算话！"徐五婆把钟如雷留下的遗物一一呈现给逃犯，这些遗物基本都放在小后屋的那口木箱里，皮带、眼镜、旧衣裳、笔记本、袜子、搓脚石等很快就被摆了一炕。徐五婆气喘吁吁地说："东西都在这里了，现在就看你的了。"逃犯点了点头，拿着搓脚石，脱了袜子搓起了脚板。他每搓一下，被囚的鸭子都要怪叫一声。

接下来的几天，逃犯似乎忘了自己要上铁峰的事，他专心致志地琢磨钟如雷的那些遗物。徐五婆白天时放鸭、卖鸭蛋、侍弄园田，晚上回家总要先看看逃犯，见他神色专注地研究着丈夫的遗物，她就满心欢喜，仿佛一个望子成龙的家长看着孩子刻苦学习而心生欣慰似的。有时候徐五婆会忍不住问研究的进展情况，逃犯总是面有难色地说："还没有太明显的证据呢。"不过接着他又会说："他肯定是要自杀的，因为他是一个怪人。"徐五婆这时就会饶有兴致地问怪在何方，逃犯便一一举证。比如说那些医学书，他所画下的标记简直就繁杂得让人数不清。单说横杠，有的是一杠，有的竟三杠、四杠。还有大的圆圈和小的圆圈，长的波浪曲线与短的方块标记，让人觉得他是个特工人员，那符号全是密电码。逃犯还举例说，钟如雷的书中还常夹着一些经幡似的小纸条，那纸条上都是一些莫名其妙的话，如"牵牛向上开，朵朵诉天语""前方有断崖，后退终无岸""手术刀使你的肚腹绽开了花朵，可我闻到的不是香气，而是血腥"，徐五婆听了这些句子也觉得钟如雷怪，这些话算是人话么？是人话为什么她听不懂？还有，逃犯说钟如雷的钢笔的笔帽破损不堪，他揭开了缠绕着笔帽的胶布，发现它伤痕累累。逃犯说，人使用钢笔，要说笔尖和笔管坏了可以理解，笔帽又不用来写字，它怎么会坏呢？必定是这人心焦，常常把笔帽放在嘴里去咬，才使它如此容颜尽损。徐五婆觉得逃犯分析得在理。逃犯还说钟如雷的皮带的里侧也是怪，朝外的光面倒没什么，而里侧的麻面却有无数刀痕，仔细辨认，原来刻的竟是一朵朵花。徐五婆骂道："我说当年他老说皮带松，还当是他太瘦呢，他这么着用刀在皮带上刻花，不松才怪呢。"徐五婆觉得逃犯的工作进展不错，应该犒劳，她舍不得再宰鸭子，就到街上给逃犯买猪头肉。当她在街上遇见警察时，她就有一种莫名其妙的兴奋感。

徐五婆见逃犯因为有事做而不那么心浮气躁了，就试探着要把被囚的鸭子给放出来。岂料他一拍桌子喝道："那不行，这只鸭子它哪儿也不能去，只能陪我！"徐五婆说："你给它弄的窝太小了，这不是作践它么！"逃犯垂头看了看鸭子，突然发出一阵笑声，他很坚决地表示，只要他在这里待一天，鸭子就得在这个小窝里陪着他。徐五婆想一个知道自己死期不远的青年人肯定在精神上异于常人，就随他好了。

青禾街耷拉了一朵老葵花。不过不是徐五婆所盼望的厨子，而是那个喜欢坐在菜园酱缸旁晒太阳的王老太太。天气太热，王家的后代不想让老太太停三天，要当天就把她发送了，于是王老太太的女儿就过来请徐五婆，让她帮忙去。王老太太的女儿王瑶是个裁缝，见人不看人的脸，而是打量人的衣裳。她走进屋门时是无声无息的，她的脚步轻得让人听不见，于是常有人说她走着鬼步。她一进屋先把徐五婆吓了一跳，因为逃犯就站在屋里。徐五婆把鸭子放到河岸，回家时忘了闩院门，而她一回来逃犯就拿着一个笔记本过来对徐五婆说，他发现了钟如雷自杀的两个主要原因，正当他要举证时，王瑶来了。王瑶其实并没有看逃犯的脸，她盯着逃犯的衣裳看，说这衣裳穿在你身上多紧巴啊，你的身材要穿肥大些的才好。逃犯见来人把目光放在衣裳上，连忙打开笔记本，用它遮住脸。徐五婆连忙把王瑶引到别处，她对王瑶说："这是我老家远房亲戚家的孩子，考了三年没考上大学，人都魔怔了，什么衣裳都往自己身上穿。你没见他用本挡着脸么？他考学落下的就是这毛病，说自己无脸见人，只要来了人他就这样。"王瑶听后叹息了一声，然后说了句："这么年纪轻轻的，可怜哇。"王瑶说她老母亲是凌晨三点多咽气的。那时天边已有了丝丝缕缕的霞光，老太太起床穿鞋下炕，才穿上一只，人就"扑通"一声倒在地上。王瑶说老母亲的棺材和寿衣早就准备了，天气这么热，他们兄弟姐妹商量了，当天发丧算了，问徐五婆这样做行不行。徐五婆说："她这么大岁数老的，是喜丧。她儿孙满堂，按理说该停三天，算是对她的孝敬。可是天热也是没法子的事，我看就照你们商量的做吧。"

徐五婆丢下逃犯，拿起墙角的木棍，跟着王瑶走了。她这一走就是一天。晚上吃过了丧饭，徐五婆已累得两腿酸软，心想人死了实在是啰唆，害得人还得往出抬她，不像那些妖娆的小虫子，它们在秋冬之交死去时，死在哪里，哪里就是葬身之地。有命好的，死在凋零的花间，落叶轻轻为它掩埋；就算是命不好的，顶多死在烂泥塘或者衰草萋萋的原野上，但这也比人的死要强百倍啊。人的死，常常是死在自己的屎尿中。兴许是多喝了两盅酒的缘故，徐五婆一会儿把天上的月亮看成圆的，一会儿又看成半圆的，她还觉得这街上的汽车全都变成了青蛙，而泛白的道路成了河流,这些青蛙在水边叫得正欢。徐五婆无限逍遥地走上堤坝时,恰有晚风袭来。这风带着股沉沉的草香气,使她陶醉得忘乎所以。她想人为什么不能睡在外面呢,就像鸟儿、虫子、蛇、兔子等等一样在夜里随处择一个窝,那该有多风光啊。徐五婆看着微风浮动的草坡,感觉草坡上有光影在起伏,不知那是晚风撩拨青草所发出的温柔呢喃声呢,还是乳色的月光所留下的华丽舞步,总之她被这光影所感动了。徐五婆夹着木棍走下草坡,她感觉那光影离她越来越近,而且奇怪的是这光影竟发出声音来!徐五婆这才明白那些鸭子一直等着她来接,而她早已把它们忘记了。徐五婆的眼眶湿润了,她特别想挨只鸭子地亲吻它们一遍,可它们已经团团簇簇地围聚在她周围。它们毛茸茸的身体触着她的腿,终于使她抑制不住地哭了起来。

徐五婆哭的时候,那些鸭子一声不吭,仿佛那哭声就是歌声,它们要仔细聆听。待徐五婆哭完了,这些鸭子就簇拥着她走上堤坝。它们踩着柔软的月影归家了。这是它们回来得最晚的一次。

逃犯没有在小后屋,徐五婆想他一定是藏到了仓棚里。今天让王瑶给撞见,她又回来得这么晚,他一定是起了疑心。徐五婆便走向仓棚,拉开门,对着黑暗喊了一声:"你出来吧,什么事也没有。"

果然，仓棚里一阵窸窸窣窣的响声传来。徐五婆想逃犯一定是坐在那堆废纸当中了。这些废纸都是徐五婆这些年捡来的，纸上都印着字。徐五婆认得的字少，所以把它看得很金贵，在街上只要看见遗弃在路上的写着字的纸，她就心疼地将其拾起。想着这样的纸不能糟蹋，将来留着必有用处。岂料雨季时空气潮，这些纸页就生了霉点，把好端端的字给"霉化"了，徐五婆就常常择有太阳的日子晒晒它们。去年她已上初中的孙女到徐五婆这里来玩，在仓棚里发现了这堆废纸，说这纸都生虫子了，不如把它们烧了。徐五婆就呵斥她说："你怎么连写着字的纸都不爱惜？"孙女嘻嘻笑着，扯出两页纸，一张粉红色的，一张是白色的。她指着粉红色的纸说："这上面的字是什么你知道么？是则广告！治性病的广告！奶奶，你肯定是在歌舞厅门前捡到的！"徐五婆的脸腾地红了，似是做了什么见不得人的事了似的，脸上火辣辣的。她嗫嚅着对孙女说："你这么小，怎么什么都知道。"孙女一梗脖子拖着长腔说："哎哟，奶奶，这都是什么年代了！"接着，她指着另一页白纸说："这是份考试试卷，没见上面打的分吗？是四十一分。四十一分不及格，这个学生敢把这试卷拿回家吗？他就在街上把它扔了，不过他倒挺精的，知道把试卷上自己的名字给抠去了。"徐五婆经由孙女这么一说，十分汗颜，心想自己就是识的字少，要是认识得多，就不会这么良莠不分地把什么都捡回家了。不过她并没有从此接受教训，见到被丢弃的纸上有字，她仍是悉数将其捡回家中。

逃犯睡在这堆废纸上，徐五婆就感觉他是睡在了小山似堆积起来的字上，觉得这些字被逃犯给压得肯定喘不过气来了，便嘟囔一声："这些可怜的字，有没有给压扁的？"听她的口气，俨然把字当成了一群活跃的小虫子。

逃犯和徐五婆回到屋里。逃犯问徐五婆究竟灌了几瓶酒，弄得这么酒气熏天的？徐五婆得意洋洋地说："喝了有十来盅吧。那盅有多大，有鸡脑袋那么大。那酒是高粱做的，发得好，喝起来喷香喷香的！"

逃犯从灶上拿了一个凉馒头，就着大葱吃了起来。有一刻他被噎着了。猫着腰咳嗽了一番，把噎在喉咙的东西都喷了出来，弄得他直流眼泪。徐五婆分外怜爱地给他端来一杯水，对他说："以后吃东西要小心着点。你知道么？阎王爷派出的索命的小鬼每时每刻都跟着人，吃饭噎着了，喝水呛着了，听笑话笑得大发了，这都是小鬼使的坏，他们的目的就是想要人的命！"

逃犯喝了一口水，声音嘶哑地问徐五婆："今天死的这个人有多大岁数了？"

徐五婆说："有八十好几了吧？"

"她的葬礼是怎么个仪式？"逃犯又问。

"啊呀——"徐五婆叫了一声，"别看是只停一天，样样都没缺的。她的儿子孙子给扛着灵幡，儿子摔了丧盆子。那些闺女，给她穿的衣裳才好看呢，黄大褂上镶着白花边，多眼亮！她们还给她的黑帽子上别了一朵红绒花，啊呀，真是福气不小！把人入了土后，坟头摆的那些小馒头、瓜果梨桃，是要多新鲜有多新鲜。咳，这老太太，走得美呢！"

逃犯沉默了很久，他把剩在手心的小半块馒头用手捏碎了。馒头渣像鸟粪一样白花花地落在地上。他低头呆呆地看着这些馒头渣，突然声泪俱下地说："我没给我爸扛灵幡，也没给他摔丧盆子。谁给他葬的我都不知道。他的坟头肯定没有小馒头和瓜果！"逃犯痛心疾首地说着，这时小后屋传来鸭子干哑的叫声。徐五婆想一定是逃犯躲在仓棚里，一天都忘了给它吃喝。徐五婆连忙弄了一些吃的去喂鸭子。这只鸭子已经被折磨得瘦骨伶仃的，它在里面使劲撅着屁股，似乎是想让徐五婆看什么。徐五婆蹲下身来定睛一看，发现是只鸭蛋，徐五婆的泪水不由哗哗流了下来。她想也许这鸭子明白了自己为什么会被当成替罪羊在这里受罪,所以它才使出浑身解数来为主人下蛋。徐五婆小心翼翼地取出那只蛋,仔细用手抚摩着,觉得这只蛋要永远攒着,不然就对不起面前的这只鸭子。她不想再和逃犯争论是否该放了鸭子的问题了,因为这无济于事。在这种时刻,徐五婆觉得逃犯在家里破坏了她和鸭子之间和谐的生活,早些打发他走势在必然了。

徐五婆怜悯了一番鸭子,她回到灶房,对着仍蹲在地上的逃犯说:"我今早晨走时,你的话还没跟我说完,你说你知道我男人为什么要自杀,现在你告诉我好不好?"

逃犯缓缓地站了起来,他嘶哑地说了一声:"花!"

徐五婆没有听清,她问:"你说什么?"

"花!"逃犯清晰无误地吐出这个字。

徐五婆不明白丈夫的死与花有什么关系,这时逃犯从小后屋拿出一个黑色封皮的笔记本,指着里面形形色色的植物标本说:"这里的标本大都是各种树叶和草叶,咱们都不认识,看来他是从山中采来作为医用的。可是你看后面那几十页,夹的全是花的标本。这花是虞美人。我一眼就认出来了。"逃犯说着刷刷地翻到后面夹有花的标本的页数，指着其中之一说："你看这是大朵的。"他又翻了一页，说："这是小朵的。"徐五婆觉得钟如雷纵然是夹了些花的标本，也说明不了什么。逃犯见徐五婆不以为然，他便指着夹花的那些页数上的阿拉伯数字对徐五婆说："看看，这上面都有年份的。哪一年夹的花你都能看出来。"逃犯说着哗哗翻到最后，指着一个标记的年份说："他是不是这一年死的？"徐五婆认得数字，她看后点了点头。逃犯便说："这就对了，他在死的那一年没有夹上花，而你说他是夏天死的，夏天时虞美人该开了，看来他是为花死的！"徐五婆也觉得奇怪，她家从来没有种过虞美人，回想当年的左邻右舍，似也没有种花的，这些虞美人标本他是从哪里弄来的呢？钟如雷平素除了在医院就是家里，偶尔在休息日时上山挖点草药，难道当年的卫生院有个花坛？徐五婆在钟如雷在世时从不去卫生院，她知道自己农村出身，很寒碜，不愿给丈夫丢这个脸，再说她也从未得过病。逃犯见徐五婆动了心，又把笔记本的黑色封套褪下，指着原本夹在封套里的硬纸壳上的一片字说："你看，他藏在这里面一首诗，这诗的名字就叫《虞美人》！"逃犯接着满怀深情地朗诵起这首诗：

你的花瓣,
是如此柔软。
我真怕这晚风,
会撕裂你薄薄的衣衫。
到时我又能去哪里,
寻你那朝霞般的面容?

你的花色,
是如此红艳,
我真怕这骄阳,
会晒褪你青春的色彩,
到时我又能去哪里,
寻你那天妒的红颜?

你的花蕊,
是如此馥郁。
我真怕这蜜蜂,
会掠走你遍体的芬芳,
到时我又能去哪里,
寻你那绵长的香气呢?

逃犯把"天妒"念成了"天户",而把"馥郁"念成了"香有"，但徐五婆还是大致听懂了这诗要表达的内容。徐五婆叹了一口气，说："他在大学时就爱写这个，后来卫生院的人跟我说，人家批斗他就是为着他写的诗不上进，那时他写什么风来着！这回他又写花，这个人原来把他的情都给了这些字啊！"徐五婆忽然觉得格外委屈，她想如果每个人都代表一个字的话，那她在钟如雷的眼里，一定是最差的一个字。这个字一定是写起来没形，扭扭歪歪的立不起来，看上去丑陋不堪，读起来最不上口的一个字。

这一夜徐五婆失眠了。她很想能在静夜里听见蛙鸣狗吠，或是野猫的叫声，然而她什么也没听见。那种广阔而深沉的寂静深深地把她笼罩了。她感觉自己变成了一只虫子，没头没脑地在黑暗中乱闯，最后掉进一个幽洞，摔得体无完肤了。

徐五婆第二天早起后放了鸭子，饭也没顾上吃，就风急风火地到农机站去找郭明昕。她想问问郭明昕，当年的卫生院是否有个花坛，花坛上又是否种着虞美人？郭明昕如今已是七十多岁的老人了。退休时他在城中心的邮局后面本有一套三居室的楼房，可是儿子结婚后，儿媳在家里老是牢骚满腹，嫌公公碍眼，她大热天时没法在家里穿睡衣。郭明昕血压高，喜欢清静，老伴过世后他性格大变，非常木讷，见人连招呼也不爱打了。儿媳的脸色他早已看厌了,早想独过。可是他赶不走儿子儿媳,只好自己净身出户,在城西边荒僻的农机站后面租了间平房,另起炉灶。徐五婆有一次在街上看见他,他拄着拐杖,步履蹒跚,用塑料袋提着一摞烧饼。徐五婆和他打招呼,他停了下来,怔了许久,才喃喃地说:"原来是徐五婆啊。"他只说了这一句,就扭过头走了。

郭明昕正坐在院子里晒太阳。徐五婆一见他耷拉着脑袋享受阳光的样子就想发笑,心想这又是一朵老葵花了。徐五婆觉得老人和孩子是最为相似的,晒太阳的多是老人和儿童,在街上走得磕磕绊绊的也是他们。老人是因为老筋老骨腿脚不利落了而走不稳,而儿童则是由于才学会走路而趔趄。再看街上被推着的那些人,一种是童车上的婴儿,一种则是轮椅上已瘫痪了的老人。徐五婆怎么想怎么觉得人是越往老了活越倒退,最后就跟小孩子一样不立事,需要人照顾。

徐五婆的脚步声使郭明昕抬起了花白的头。想必是人眯眼眯久了,猛一睁开时就会有失明的感觉,郭明昕怔了许久才认清了徐五婆。他咳嗽了一声,说:"你个冥婆子上我这里来干啥?我还没死呢!"徐五婆笑了,说:"我可不是来给你收尸的,我是求你问个事。"郭明昕颤着声说:"我都多少年不当那个院长了,你想还回医院看太平房去？我说了也不管用了！"徐五婆捡了块砖头，垫在屁股下，坐在郭明昕对面，她说："我可不是求你办事，是问个事，问个老事。""我都稀里糊涂的了，你问我老事，我能记住些什么！我现在明白了，老天爷让你在死之前，把知道的那些人间事全都给忘了，我现在都记不起小时候摸鱼的那条河叫什么名字了！"郭明昕越说越难过，他使劲眨巴着眼睛，似是要落泪的样子。徐五婆拍了拍裤脚的灰，说："我是想问问，三十来年前，咱卫生院修没修过花坛？""花坛？"郭明昕怔了片刻，然后说："你怎么跟那死去的小钟一样，那么在意那个花坛？""这么说是有了？！"徐五婆悲喜交加地叫了一声。"有啊，后来新毕业的医生没地方住，就把花坛拆了建宿舍。那年春天花都种上了，有的都打骨朵了。你们家小钟最喜欢去花坛看花。每回斗完他，他都要在花坛那里坐上半天。那些护士就笑话他，说是他把花当成了美人。"郭明昕提起这段往事，显得兴味十足的，而且从他的叙述中，你一点也感觉不到他记忆力的衰退。他侃侃而谈："小钟听说要把花坛毁了，还特意为这事来找过我。他说郭院长，我从来没有因为什么事情求过人，医院的这个花坛，我看还是留着吧，你没看虞美人打了骨朵，就要开了么？我说是花坛重要还是医生的宿舍重要？小钟听我这么说还掉眼泪了。我就跟他说，我知道你心情不好时爱去花坛那儿看看，可是卫生院不是为某个医生开的，该毁的东西必须毁！"说到此，郭明昕的唇角已溢满了唾沫，他的唇角仿佛一左一右夹了两朵小白花，格外耀眼。徐五婆接着又问花坛被毁的年份，郭明昕说："就是小钟死的前几天毁的！"徐五婆什么都明白了。明明是坐在太阳底下，可她却有掉进冰窟窿的感觉，麻木而寒冷极了。她很想给郭明昕一拳头，让这朵不堪一击的老葵花速朽，可她出院门的时候听见背后的郭明昕在说："冥婆子，我要是死了，你也给我的坟头淋上一罐冥酒！"

  徐五婆打了一辆板的，由农机站往家返。天阴着，丝丝缕缕的凉风袭来，吹得人脊背愈发地凉。蹬板的的是个面色黧黑的中年男人，徐五婆一坐下来，他就说徐五婆要去的地方路太远，应该付他三块钱。徐五婆怕他一路担心她下了车不按数把钱给他，因而提前付了三块钱。车夫心里一畅快，加之顺风，板的就蹬得飞快。路畔的杨树叶子在风中哗啦哗啦地响，好像杨树在梳头似的。一辆载着破旧桌椅的驴车经过，跟着一辆摩托车挟带着一股暴土飞也似过来，搅得空中尘埃滚滚。徐五婆发现在这尘埃中飘扬着一张纸片，她想这纸上一定有字，想叫板的停下，她好将其抓来。

正这样想着，一股旋风袭来，将那张纸一直托到风柱的顶端，这纸就高高在上着，令人无法企及。徐五婆想罢了，这字捡回去还不是在仓棚里被虫咬鼠齿？

徐五婆直接来到坝上，看那些草坡上的鸭子。风比先前小了许多，但乌云却仍布满天庭，河面没有那耀目的白光了。微风吹过，那些绿草波浪似的滚动，色彩忽明忽暗。徐五婆见那些鸭子在草丛中像花朵一样若隐若现着，她不由捧着脸哭了。她想钟如雷从来就没有爱过自己，不然他会和自己一样爱上鸭子，这鸭子哪一只不是一朵花啊！草丛中如花般怒放着的鸭子，难道比不上卫生院花坛的虞美人更美么！徐五婆的泪落在草丛里，被淋了泪水的虫子以为天落雨了，可是一尝，这雨滴却是咸的，虫子抬头一望，见是一个泪眼婆娑的老太婆坐在草间伤心，它很想爬到她脸上去安抚一番。

徐五婆一直坐到下午才回家。她在滂沱大雨中似已把积攒了一生的泪水都哭尽了。她浑身精湿地走进家里，对逃犯很从容地说："你是对的，我明晚就花钱请个姑娘来陪你睡觉！"

吴艳娥是这样一个姑娘，她身高臂长，肤色黝黑，大眼睛，高鼻梁，嘴巴宽宽的，看上去充满活力。但仅有这些是不够的，徐五婆看上了她高耸的乳

229

房，这是最为关键的。徐五婆去梦那莎歌舞厅找吴艳娥的时候，已经快是正午了。歌舞厅的板窗落着，门也关得严严的。徐五婆正琢磨着是否该上前叫门，门忽然"嘎"的一声开了，吴艳娥穿着露肩的粉色纱裙，"哗"地泼出来一盆水。水珠溅到了徐五婆的裤子上。吴艳娥泼了水，打了个长长的哈欠，这才看见了站在对面的徐五婆。吴艳娥有气无力地说："冥婆子，你上这里来干什么？"徐五婆说："里面有人么？我要单独跟你说个事。"吴艳娥似是没有听清徐五婆的话，她又打了一个哈欠，恹恹无力地说："真是又困又饿啊。冥婆子，我到现在还没有吃东西呢，你能不能到街角的小卖店帮我买两个豆腐卷，要是有烧饼就更好了。"徐五婆想吴艳娥到现在还没改了爱支使人的毛病，在徐五婆看来她的亏就吃在这上。徐五婆没说什么，到街角给她买了两个烧饼。她闻着豆腐卷有些馊了，似是隔了夜的，就没买。

歌舞厅内开着低照度的红灯，人一进去，就有种迷迷糊糊的感觉。这里的空气很混浊，想必是紧闭着门又不开窗透气的缘故。吴艳娥的粉纱裙在灯光下是火红色的了。徐五婆见她叼着棵烟，在吧台高高竖起的圆椅上懒洋洋地吸着。徐五婆把来意向她讲了，吴艳娥笑了，说："我要是出去一晚，老板还不得让我赔他几百块呀。"徐五婆说："你就出去一两个小时,那种事你也知道的,用不了一个晚上的。一个晚上我也雇不起你,就给你二百,你来不来？""我敢不去么！"吴艳娥撩起裙子,将徐五婆递上来的二百块钱掖在贴身的小裤衩里,对徐五婆喷了一口烟说："晚上九点,你可不许跟别人说。"

　　走出歌舞厅,徐五婆觉得起了一身的鸡皮疙瘩,她还是第一次进这种场所。这城里的歌舞厅越来越多,叫的名字也越来越怪,什么"丽那雅""梦巴黎""巴拉红",不知道的,以为这都是洋人的地界呢。徐五婆和这城里的人都知道,这些歌舞厅,都在暗中经营"人肉"生意。陪舞的小姐都很年轻,她们打扮得很怪异,常常描着蓝眼圈,涂着紫嘴唇,染着红头发。吴艳娥是徐五婆看着长大的,她原先在冰棍厂上班,后来厂子裁员,吴艳娥就下岗了。她丈夫是公安局的警察,常出外勤。吴艳娥在家闲得无聊,就常到街上闲逛。这一逛就被梦那莎的老板给盯上了,不到一个月就把她弄到歌舞厅当陪舞小姐。她丈夫嫌丢人,就和妻子离了婚,把独子给带走了。徐五婆了解吴艳娥,她自幼好吃懒做,十几岁了还得让大人给梳头。结婚后她成了家里的主妇,却是游手好闲,而她丈夫则像女人一样操持家务。徐五婆觉得吴艳娥要是能吃得起辛苦，纵使没工作了，也能干点其他的活维持生计。她走到今天这一步，全怪自己好逸恶劳的性情。

晚上九点整，吴艳娥来了。徐五婆早已交代过她，这个人要身份保密，不能开灯，不能同他说话，只需把事做好些就是。吴艳娥对这类事已经见多不怪了，所以一口答应。徐五婆把吴艳娥领到小后屋后，小声对她说："你小心点，地上有只鸭子，别踩着它。"说完，徐五婆就关上门，出了灶房，一直走到院子。她仰头望了下天，觉得今夜的星星真是饱满啊，一颗颗结实得就像刚收获的沉甸甸的玉米。残月旁的几片云呈铅灰色，徐五婆自然又把它们联想成鸭子。她想这几只鸭子的口福真不错，要吃的有玉米，要喝的有那浏亮迤逦的银河之水。她不知道自己饲养的那些鸭子死后是否有福气化成天上的鸭子。

徐五婆看了会天，忽然很想抽上一袋烟。她摸黑悄悄回屋找出烟袋锅，在经过灶房出来时她听到了小后屋的响动。她赶紧走到户外。徐五婆坐在菜园里抽烟，她抽了一锅，又抽了一锅，她听见身旁的豆角叶簌簌地响，仿佛是在责备她，你熏死我了！徐五婆心满意足地收起了烟锅。就在她打算再到别处转转的时候，屋门响了，吴艳娥走了出来，徐五婆迎上前去。吴艳娥撩起裙子，从小裤衩的兜里取出一张钱塞到徐五婆手里，说："我还你一百吧，这个软蛋，怎么弄他都不行，我不能没做那事拿两百块钱。"吴艳娥说完，飞也似的走了。她还有歌舞厅的生意要做。徐五婆很悲伤地拿着一百元钱走进屋子，她听见小后屋传来了逃犯的哭声。徐五婆鼻子一酸，也不由跟着哭了。

接下来的三天，逃犯开始让徐五婆拿枪向他瞄准了。逃犯说了，再练习三天，他一定离开这里。徐五婆想既然一开始忍耐了，那就忍到底吧。她举起枪时逃犯目光直直地盯着枪口，若是扳机扣动后他的眼睛仍然一眨不眨，逃犯就会很高兴；而他若是哆嗦了一下或是歪了脑袋，他则会狠狠掴自己一嘴巴，骂道："软蛋！"到了逃犯所说的三日期限的晚上，逃犯让徐五婆收了枪，求她给自己包顿饺子吃。徐五婆就割了把韭菜，炒了些鸡蛋，又对了一些海米，包起了三鲜饺子。吃饺子的时候，逃犯提出要去地窖取两罐冥酒上来。徐五婆答应了。逃犯喝了一罐，把另一罐摆在灶台上，说是要拿它去祭奠父亲。吃喝完毕，逃犯对徐五婆说，希望明天徐五婆能陪他一同去铁峰，他担心父亲被杀后，姐姐也许没赶回来给父亲入殓。若是那样的话，别人好心帮他埋父亲，肯定是简简单单的，也许连个墓碑也没立。他让徐五婆去，是想让她帮他找到父亲的坟。徐五婆说："你姐姐再没情义，她也会回来埋你父亲的。"逃犯舔了舔大拇指说:"如果她回来,该来看守所看我的。"徐五婆说:"她要是恨你,认为你罪有应得,怎么会来看你呢!"

逃犯垂下了头,他一言不发了。徐五婆见时候不早了,就催促他早点睡觉。徐五婆回到自己的屋子,关了灯,躺在炕上的时候有一种无限轻松的感觉。她想可算是把这折磨人的日子熬到头了。她这样陶醉地想着,忽然听到了脚步声,跟着是"扑通"一声响。她翻过身一看,隐约看见逃犯跪在炕下。逃犯说:"我在这里闹腾了你这么长时间,你没告发我,还帮我找了个姑娘,她的乳房可真美啊。可我不争气,我想着这是自己的第一次也是最后一次,我就老是想哭,一点力气也没有了。可我还是要谢谢你。我花了你这么多钱,我今生没钱还了,只能来世孝敬您了。我在那里一定要学好,那里要是允许盖房子,我就给您盖一座;要是有鸭子,我就帮您买上一百只;到时您去那里,一切都是现成的!"接着,他重重地给徐五婆磕了三个响头,磕得徐五婆的心一阵阵抽搐,先前的那种无与伦比的轻松感荡然无存了。

次日徐五婆很顺利地帮逃犯逃到了铁峰。他们租了一辆车,司机根本没心情去辨认顾客是不是逃犯,何况又有徐五婆陪着。他们顺畅得出乎意料地到达目的地。车停在铁峰小镇的路口，他们来到山上的坟场，很快就找到了一座新坟。坟上已经长了一些毛茸茸的青草。坟头有碑，碑上刻着逃犯父亲的名字。逃犯跪在那里，久久不肯起来。徐五婆将整整一罐冥酒淋到坟上，然后轻声说："这位老哥，你儿子今天来给你认错来了，你就谅解他吧。他毕竟是你的儿子啊。他和别人从看守所逃出来，别人都是为了逃命，他不，他是为了来给老哥你道歉。等过些天，你儿子也去那里时，你可不要不认啊。"徐五婆的话音刚落，逃犯就哭了起来，他哭得直抽搐，仿佛一个小孩子独自走夜路，因找不到回家的路而惊恐地哭叫一样。徐五婆待他哭够了，平静了，这才领着逃犯下山。他们驱车回到城里后在百货商店门口下了车，逃犯去公安局自首，而徐五婆步行回家。徐五婆没有回头，她想逃犯会勇敢地走进公安局的大门的。当晚，徐五婆打开电视，她在本城的新闻节目中看见了逃犯。他戴着手铐脚镣，满面安然。女播音员是这样说的："逃犯×××日前在公安人员的全力追捕中终于落入法网。"

一个半月以后，逃犯的死刑通知下来了。执行枪决的日子也定了。公安局的人找到徐五婆，给她五十元钱，让她去法场给逃犯殓尸。徐五婆答应了。此时已经是深秋时令了，草枯了，树叶黄了，落叶满天飞。

徐五婆那天起得很早,她用大布兜装了三样东西,一罐冥酒、一捧从小后屋后面的稠李子树上摘下的已经黑了熟了的果子和一只鸭子。鸭子就是曾被逃犯囚禁的那只。自逃犯离去后,徐五婆把它弄回鸭圈,它就寸步不动。你喂它食,得把盆放在它身边。别的鸭子去河里凫水了,可它却仍待在鸭圈里,你怎么赶它,它都无动于衷。徐五婆想既然这样,不如让它去陪逃犯好了。

逃犯站在囚车上,那是辆敞篷车,有四个荷枪实弹的警察押着他。逃犯对沿途围观他的人群什么话也没喊出来,他脸色惨白,目光直直地盯着前方,已然凝固似的一动不动。徐五婆坐在最后一辆吉普车里。开车的司机不断地和法警开玩笑,令徐五婆很反感。

法场选在一片杨树林中。早已有人提前挖好了一个坑。徐五婆不敢看逃犯,就背过身去看堆积在林地上的落叶。那落叶如一枚枚圆圆的铜钱,金黄金黄的,给人一种沉甸甸的感觉。徐五婆听见背后有人高喊:"跪下!跪下!"她想这一定是行刑人在吆喝逃犯。不久,一声枪声传来,徐五婆见对面一棵光秃秃杨树上吊着的最后一片叶子落了下来,跟着又是两声枪响。沉寂了一番后,徐五婆听见背后的法警说:"妈的,这小子,在囚车上吓得尿湿了裤子;跪下来还摇晃脑袋,浪费了我两颗子弹!"

徐五婆对公安局的人说,这山离城里路不远,她收完尸后要走着回家,让他们不必留车等她。待法场的人都撤净之后,徐五婆这才走向逃犯。她看着逃犯血肉模糊的身体,暗骂这法警枪法太臭,不如她原来的邻居老法警枪法准。她先把那罐冥酒淋到坟坑里,然后用空罐去溪畔取水,擦拭逃犯脸上的血痕。那罐子太小,逃犯的血又溅得四处皆是,徐五婆一共取了八罐水才清理干净。将逃犯置于墓穴安顿好后,徐五婆用铁锹撮了土把他埋上。她在埋的时候,把那些被鲜血染红的杨树叶子也扬入墓穴中了。殓完尸,徐五婆把稠李子果撒在坟头,然后坐下来。她连抽了三袋烟,后来见暮色已浓,就起身回家了。走前她把鸭子放在逃犯坟头,对它说:"你要是想跟我回家,你就跟着走;不然你就当他的花开给他看吧。"徐五婆慢慢地走了十几步,然后悄悄回转身来,她发现那只鸭子依然站在坟头,一动不动的!在一派萧瑟的晚景中,这只白褐色的鸭子看上去异常明亮,确如一朵美极了的花。

2001 年